Leben ist das was passiert,
während wir dabei sind,
andere Pläne zu machen.

John Lennon

Präambel

Dieses Buch ist zu 98% authentisch. Nahezu alle Episoden haben aus meiner Sicht genau so stattgefunden. Namen und Orte habe ich zwecks Schutz der enthaltenen Identitäten abgewandelt.

Dieses Buch ist voller Liebe. Liebe für den Augenblick. Liebe für das Leben. Es ist voller Wohlwollen für die darin beschriebenen Menschen.

Es ist ein Seelen-Striptease, der beim Schreiben geprickelt hat. Es ist eine Reise über eine Spanne von Jahren, und die Einladung, Facetten dieser Reise in sich selbst zu entdecken.

Kindheit

Regelmäßig frisch verliebt. Von klein auf eine Spezialität von mir. Da war Nena. Ich war vielleicht vier. Sie war auf dem Cover vom Stern, hielt lachend ihre Hand an den Mund, rief etwas. "Hilfe, rette mich!" hörte ich. Es galt mir. Sie war circa zehn Jahre älter, schätzte ich. Vielleicht könnte es doch einen Weg geben, dass wir heirateten.

Etwas näher, nämlich zwei Stockwerke tiefer, wohnte Elena. Natürlich war ich in sie verliebt. Wir saßen zusammen in der Badewanne, lachten. Im Gegensatz zu Nena war sie nur ein halbes Jahr älter als ich. Wir verstanden uns blind und blendend. Es stand außer Frage, dass wir eines Tages heiraten würden. Das hatten wir uns auch schon fest versprochen. Wenn ich sie heute ab und zu mal treffe, stelle ich immer fest, dass wir immer noch eine tiefe Seelenverwandtschaft haben, sie immer noch eine sehr tolle Frau ist und sich eine Direktheit, Offenheit und Herzlichkeit bewahrt hat, bei der ich mich direkt verstanden fühle. Elena zog irgendwann weg. Einen Kilometer weit. Sie ging dann zur Schule. Wir hatten nicht mehr viel miteinander zu tun. In ihre Wohnung zog dann Anna. Anna war aber erst drei, nicht schon knapp sieben. Das war dann kein Liebesersatz.

Etwa gleichzeitig mit Elena zog Mieke weg. Mieke wohnte oben in der Straße. Sie war sehr hübsch. Manchmal wusste ich nicht, in wen ich mehr verliebt war. Das war aber nicht so schlimm, fand ich. Mieke zog richtig weit weg, auf die andere Flussseite. Ich glaube, sie war dann noch ein einziges Mal zu Besuch gekommen. Zum ersten Mal war ich verlassen worden.

Das einzig Gute am Wegzug von Elena und Mieke war: es gab Raum für Neues. In der zweiten Klasse hielten Ella und ich schon eine Weile Händchen. Das hatte dort noch niemand sonst gewagt. Entsprechend irritiert waren unsere Mitschüler*innen. Sie reagierten mit einem beständigen "Ei Ei Ei, was seh' ich da - ein verliebtes Ehepaar!" Es war sehr schwierig, sich dem zu stellen. Ich fühlte mich klein und wurde oft rot, musste mich entscheiden, entweder mit den Jungs spielen dürfen, oder mit Ella Händchen halten. Trotzdem spürte ich in all ihrem Dissen untrüglich, dass Neid mitschwang. Nach ein paar Tagen oder Wochen hatten wir dann genug Händchen gehalten. Ohne das Gehänsel wären wir sicher noch ein paar Tage länger nebeneinander gegangen.

In der dritten Klasse schrieben Uta und ich Liebesbriefe. Einen davon hatte sie mit einem Original-Uta-Kussmund mit dickem roten Lippenstift unterzeichnet. Der roch und schmeckte atemberaubend, wenn man ihn nachküsste. Der Zufall wollte es, dass wir beim Auszug aus der Messe unserer Erstkommunion nebeneinander gingen. Sie im weißen Kleidchen, ich im Anzug. Jetzt war klar, dass wir füreinander bestimmt, quasi schon verheiratet, waren. Unser einziges Date wurde allerdings durch das unerwartete Aufkreuzen dreier Klassenkameraden gestört. Schlotterten mir schon vorher die

Knie, weil ich nicht wusste, wie ich es anstellen sollte, dass wir uns endlich ganz in echt küssten, war seit diesem Moment des Entdecktwerdens alles dahin. Uta spürte, dass ich dem Ganzen nicht gewachsen war, und ließ mich fallen. Ich bin Uta noch eine Weile nachgelaufen. Aber alles in allem ließ sich der Schmerz innerhalb weniger Wochen verarbeiten.

Mir war klar, dass die Erwachsenen keine Ahnung hatten, wenn sie sagten, dass wir Kinder noch nichts von Liebe verstünden. Was wussten die denn schon? Ausgerechnet sie, die sich tagelang schlimm streiten konnten. Ich vermutete darin ein Verneinen der Gefühle der eigenen Kindheit, auch wenn ich das damals nicht hätte in Worte fassen können.

Frühe Jugend

Meine frühe Jugend war vor allem dadurch geprägt, dass ich so nervig war. Annäherungen an Mädchen konnten praktisch niemals zustande kommen. Ich war einfach nicht auszuhalten. Einzige Ausnahme war die Phase mit Carola. In der fünften waren alle Jungs in Carola verliebt gewesen. Wirklich alle, der Reihe nach. Es war ein komischer Reiz, den sie ausstrahlte. Ihre Sportlichkeit, mit der sie fast allen Jungs überlegen war. Ihr kesser Mädchencharme, gepaart mit einer latent androgynen Ausstrahlung. Sie war unerreichbar für uns alle. Souverän, sexy. Das legte sich bei den meisten erst in der sechsten Klasse.

In der siebten flammte meine Begeisterung für sie nochmals auf. Carola war unique. Augenscheinlich sehr stark, aber auch ganz feinfühlig, manchmal, wie ich feststellen sollte. Wir hatten ein Date, und ich besuchte sie zuhause. Wir saßen auf ihrem kombinierten Couch-Bett in ihrem kleinen Jugend-Zimmer, und aus ihrer Kompaktanlage von Kenwood lärmte "Verdammt ich lieb' Dich! Ich lieb' Dich nicht..." Abgesehen davon, dass mir das absolut peinlich war – ihre dominante Mutter war ja direkt hinter der Zimmertür in der Küche aktiv – irritierten mich Interpreten- und Song-Auswahl immens. Was wollte sie mir denn damit sagen? Ja? Nein? Und es war so unromantisch! Schlager-Pop… ich hätte vielleicht Patricia Kaas oder so etwas erhofft, Lindenbergs Cello von mir aus. Statt des lang ersehnten ersten Kusses kam es zu nichts. Ihre mutmaßliche Schüchternheit konnte ich angesichts der Song-Irritation damals nicht deuten. Und seit diesem Moment war ich so verunsichert, dass meine Gefühle schwanden. Carola war wohl noch ein Jahr an mir interessiert. Aber das verstand ich erst viel später. Tja, hätte sie auf der Kassette vorher mal "...ich lieb' Dich nicht..." mit Stille überspielt. Dann wäre ja alles klar gewesen.

Carola ist später Physiotherapeutin geworden. Prickelnde Szenarien mit dem Wiedersehen der ersten Jugendliebe in der Physiopraxis haben sicher nur in meinem Kopf stattgefunden. Das kommt davon, wenn man alberne Pornos konsumiert.

Erste Küsse

Was ist eigentlich ein Kuss?

Zu meiner ersten Lippenberührung kam es dann endlich in der 8. Klasse. Nach der Schule ging ich mit Tina auf ihrem Nachhauseweg. Da war so eine Anziehung, ein Interesse. Zum ersten Mal so, dass es mich eindeutig sexuell erregte. So eine Art Schmetterlinge auf Koks. Zwar waren die Ejakulationen bei der Selbstbefriedigung noch so klein, dass ich mir nicht vorstellen konnte, dass dieses halbe Tröpfchen für eine Schwangerschaft reichen könnte. Aber der Frühling kribbelte eindeutig im Bauch, und Kribbeln im Bauch bedeutete immer auch Kribbeln in der Hose. Mit einer irren Durchblutung im Rumpf, zumindest in meinem, schlenderten wir also über einen super-hässlichen Fußgängerweg mit ein paar frischgrünen Bäumen und etwas Vogelgezwitscher. Nicht fähig, irgendein Wort hervorzubringen, verlangsamten sich unsere Schritte, bis wir schließlich standen, und, als hätten wir es perfekt einstudiert, uns vollkommen synchron zueinander hindrehten. Es ging alles zielstrebig, ohne unnötige Umschweife und doch in Zeitlupe.

Und es fühlte sich komisch an. Ich spürte sofort mehr denn je, dass es von meiner Seite aus falsch war. Ich war nicht wirklich verliebt. Sie war auch nicht heiß. Sie war einfach nur eine nette Klassenkameradin, die auf mich stand. Sie war sogar so nett, dass sie es mir nie krumm genommen hat, dass ich seit diesem Moment nicht mehr an ihr interessiert war.

Auf Nicoles Geburtstag spielten wir eine Kombination aus Wahrheit oder Pflicht. Alkohol gab es noch nicht. Waren anfangs noch alle an Wahrheiten interessiert, weil man glaubte, man könne etwas Heißes über das andere Geschlecht erfahren, waren die Grenzen des Erzählbaren recht schnell ausgelotet und der Reiz verflüchtigte sich.

Bei Pflicht gab es mit zunehmender Dauer erst Händchenhalten, aber bald nurmehr Küsse auf die Wange, oder gar auf den Mund. Meine persönliche Krönung war, dass Silvie und ich uns fünf ganze Sekunden lang auf den Mund küssen sollten. Silvie war seit jeher süß und hübsch. Es wurden vielleicht nicht ganz fünf Sekunden, weil zu aufregend, und es war auch keine Zunge im Spiel, aber es war der erste Kuss mit einer kleinen Verweildauer. Wobei sich unsere Lippen anstatt des festen Aufeinanderpressens für einen Sekundenbruchteil entspannten, und ich erstmals erahnte, was einen leidenschaftlichen Kuss würde ausmachen können. Seit diesem Moment wollte ich Silvie unbedingt körperlich nahekommen, probierte es mit stundenlangem stumpfem Füßeln im Physikunterricht – was sie anfangs vielleicht noch nett fand. Ich überzog jedoch maßlos. Sie zog sich zurück.

Ich war ein bisschen gewachsen, sehr schmächtig, hatte jetzt längeres Haar, leicht gewellt, und die eine oder andere fand mich süß. Wohl auch Natalia. Ich hatte sie noch nie zuvor gesehen. Sie wirkte selbstbewusst, tanzte hemmungslos und hatte, soweit ich das erkennen konnte, Rundungen. Es war überhaupt meine erste Party mit richtigem Dancefloor, es gab ein Flashlight, Nebel und einen Tripod mit buntem, sich bewegendem Licht in Rot, Gelb und Grün. Aber insgesamt doch recht dunkel gehalten, eine richtige erste Disco eben, die Ingolf da zu seinem 16. Geburtstag aufgefahren hatte. Es liefen Dr. Alban, Snap und Konsorten, aber auch viel Rockiges.

Natalia war sicher nicht diejenige, die gerne fackelte. "Hallo!" - "Hallo!" - "Wie heißt Du?" - "Ich heiße Karl." - "Ich bin Natalia." Und zack, per sofort hatte ich ihre fleischig-pelzige Zunge raumfüllend in meinem Mund. Sie kam so energisch daher, dass ich gar keine Möglichkeit hatte, mit meiner eigenen Zunge wirksam etwas entgegenzusetzen. Ich versuchte es aus Leibeskräften. Ihre Zunge war stärker. Sie pflügte fleißig meinen Mundraum um, fand aber anscheinend nichts, wühlte weiter. Ihre Zunge schmeckte extrem gut. Süßlich irgendwie, angenehm strukturiert, etwas pelzig, aber lecker. Vermutlich konsumierte sie gerne Süßigkeiten. Oder war es ihr Parfum? Leider musste ich früh nach Hause, meine Bahn fuhr um 23:45 und mein Vater war streng damit. Wir hatten noch keine Mobiltelefone. Ich weiß gar nicht, wie wir es schafften, uns zu verabreden. Aber wir trafen uns wieder.

Erste Liebschaften

Bei unserem Wiedersehen war ein alter Bekannter vor Ort. Thibault war ein halbes Jahr älter, und fuhr schon einen 80er-Roller. Thibault war nicht hübsch, aber mit seinem Roller ganz klar der Typ mit der dicken Hose. Ich kam mir so überflüssig vor. Ich glaube, einmal knutschten Natalia und ich noch kurz, aber dann war das Thema durch. Sie himmelte Thibault an, in Kombination mit seinem Roller, und hatte obendrein noch ein weiteres Eisen im Feuer. Zu viel für mich. Kleinlaut, zerstört, schlich ich mich irgendwann von dannen. Ich war gekommen, um meine erste richtige Freundin zu sehen. Vier Tage hatte ich in der aufreibenden Hoffnung gelebt, dass es nun richtig los ging. Als geprügelter Hund ging ich. Beileid spendete mir in der Schule ausgerechnet Tina.

Aber natürlich ging es weiter. Meine nicht hübsche Klassenkameradin Jule hatte Schluss mit Dominik. Die beiden waren schon sehr lange ein Paar gewesen, nämlich ganze sechs Monate, hatten angeblich schon Sex gehabt. Jule nutzte den Moment. Wir knutschten. Eine knappe Woche später ging sie wieder mit Dominik. Ich war abserviert. Beileid spendete mir wieder Tina. Und ihre beste Freundin Simona.

Mit Tina und Simona besuchte ich auch einen Tanzkurs. Da war Dana, meine häufigste Tanzpartnerin bei Rumba, Discofox und Cha Cha. Sie war groß und hatte sehr große, weiche Brüste. Wir knutschten mal. Es hätte gerne weitergehen dürfen, aber ich glaube, ich war ihr zu unreif. Sie ließ mich schnell fallen.

Die Geschichte ist bis hierhin einfach erzählt. Ich fühlte mich einfach schon sehr früh hingezogen zu Frauen. Ich wusste, was ich wollte. Aber ich bekam es nicht so schnell. Ich wollte es zu sehr.

Jahrzehnte später grübelte ich darüber, warum ich eigentlich schon immer hin zu den Mädchen und Frauen wollte. Und dann fiel mir wieder etwas ein, das ich Jahrzehnte vergessen hatte. Möglicherweise fing alles damit an, dass ich mich als kleiner Junge als selbstbezeichnete "Wärmflasche" gerne zu meiner Mutter ins Bett legte. Sie mochte das, weil sie oft fror. Einmal fing ich damit an, meine Mutter mit kleinen Bewegungen zu erregen. Ich hatte genau gespürt, das da etwas bei ihr ankam. Da war ich vielleicht fünf oder sechs gewesen. Ich hatte unterbewusst begriffen, dass ich da ein interessantes Knöpfchen gedrückt hatte. Und wollte das wiederholen. Allein, meine Mutter ließ das nicht zu, und ich verstand nicht warum.

Erste Freundin

All meine bisherigen Bekanntschaften hatte ich mit der gleichen Küss-Technik beglückt. Nämlich mit der, die Natalia mir so eindrucksvoll beigebracht hatte. Also immer schön weit rein den Pürierstab, und dann möglichst viel Action. Dass das vielleicht auch die eine oder andere von mir forttrieb, da hätte ich im Traum nicht dran gedacht. Gelernt war schließlich gelernt. Doch das sollte sich nun ändern.

Ich hatte den Bahn-Anschluss und damit den vereinbarten Treffpunkt für eine Party in meinem Dorf verpasst. Mein Finger hatte den Türknopf noch so gerade erreicht, da fuhr das Scheißding los. Mit über einer Stunde Verspätung kam ich bei der Party an. Von Amalia keine Spur. Den Anschluss hatte ich bloß verpasst, weil ich tagsüber noch meine Aktien bei Liliana hatte checken wollen. Die war eigentlich noch zu jung, aber irgendwie auch schon viel zu cool. Hätte ich mir das einfach gespart.

Während ich völlig niedergeschmettert auf der Party Frust schob, hieß es plötzlich, ich solle mal zur Tür, da sei jemand für mich. Amalia war in Begleitung von Ingolf gekommen, aber die beiden kannten die Gastgeberin nicht. Im total unerwarteten Moment überschäumender Wiedersehensfreude fasste ich ihren Kopf, drückte sie an mich. Dabei hatten wir bis dahin kaum jemals ein Wort miteinander gewechselt. Sie war eine Klasse über mir. Für mich absolut das heißeste

Mädchen der Schule. Ich war schon ein paar Monate immer in der großen Pause hinter ihr her gewackelt. Ich stand auf ihren Style, ihre Schlaghosen, ihren Hintern, ihr süßes Gesicht, ihre wahnsinnigen Locken. Ab diesem Moment auch auf ihren Geruch. Und sie konnte phantastisch singen. Opern, Musicals.

Mein Überschwang wandelte sich rasch in Unsicherheit. Ich benötigte den Arschtritt einer Klassenkameradin ("Jetzt mach aber auch, sonst kannst Du Dich hinterher nicht beschweren!"). Sie hatte Recht. Also allen Mut zusammen, irgendein verklemmtes Gespräch, und schon bald knutschten wir. Das heißt: ich wandte mein Erlerntes an und versuchte ihre Lynn Tanner-Zahnspange zu reinigen, konnte mein Glück dabei kaum in Worte fassen, und sie war total perplex. Das merkte ich zwar, aber selbst das konnte nicht den geringsten Zweifel daran in mir aufkommen lassen, dass ich mit meinen Kusskünsten schon auf der richtigen Fährte sein musste. Es bedurfte einer expliziten Anweisung durch Amalia bei unserem ersten Wiedersehen, bis ich begriff, dass Zungenküsse doch etwas mit Zärtlichkeit zu tun haben könnten. Vor der Begegnung mit Natalia war das auch mal meine vage Vorstellung gewesen, aber Natalia hatte mich zwischenzeitlich derartig „überzeugt", dass der Kuss-Zug, einmal aufgegleist, selbstsicher in die entgegengesetzte Richtung donnerte. Ein halb amüsiertes, aber wohlwollend-liebevolles "Jetzt erstmal langsam...!" von Amalia. Dann lernte ich schnell.

Amalia war souverän. Sie schien nie Zweifel zu haben, wusste immer das Richtige und ich wusste nicht, ob es ihre

Erfahrung oder ihr treffsicherer Instinkt war. Meistens trafen wir uns bei ihr. Ihr kleines Zimmerchen im ersten Stock eines Spät-70er-Einfamilien-Reihenhauses. Sie hatte sogar Kerzen aufgestellt. Betörendes Parfum. Meistens lief The Cure - Disintegration. Love Song und Lullaby. Amalia hatte schonmal einen Freund gehabt, sie wusste ziemlich Bescheid. Man merkte, dass ihr das alles nicht ganz so neu war wie mir. Aber ich war ein williger Schüler. Sie war eine sehr gute Lehrerin. Das erste Mal sah, fühlte, fasste, küsste ich Brüste. Sie waren klein. "Sind sie Dir zu klein?" fragte sie keck. Sie waren schön. "Nein." antwortete ich perplex. Ich habe ihr viel zu verdanken.

In der Schule liefen wir Händchen-haltend durch die Pause. Ein Privileg für mich, eine gewisse Schmach für sie. Ihre Klassenkameraden hänselten sie, weil sie sich einen Jüngeren geangelt hatte. Ich konnte nichts dagegen ausrichten, die waren größer, stärker und älter. Am schlimmsten war für mich als Jugendlichem vielleicht, dass sie eine Gruppe waren, die ihren gesammelten Spott über mich als Einzelnen ausließen. Es war erniedrigend. Am liebsten hätte ich mich mit ihnen geprügelt, aber ich war schlau genug zu wissen, dass das in nur noch größerer Schmach geendet hätte. Amalia hatte bislang die nötige Stärke, alles auszuhalten. Sie hielt dagegen. Noch.

Unsere körperliche Neugier und Lust waren groß. Sie befriedigte mich mit der Hand. ... durch die Unterhose – das heißt, es bedurfte nicht einmal des direkten Hautkontaktes. Es fiel mir schwer, dabei nicht zu laut zu werden. Ihre Eltern saßen unten im Wohnzimmer und schauten fern. Sie gab mir Gelegenheit zur Revanche. … durch das Höschen. Mit direktem Hautkontakt wäre mir das möglicherweise leichter gefallen. Wobei ich die Worte Kitzler und G-Punkt zu der Zeit zwar schonmal in der Bravo oder vielleicht in der Coupé gelesen hatte, aber von weiblicher Anatomie hatte ich de facto nicht annähernd hinreichend Ahnung. Also gebracht hätte es wahrscheinlich auch nicht viel, wenn sie nackt gewesen wäre. So war es allerdings das Stolpern eines Sehbeeinträchtigten durch einen unbekannten nächtlichen Wald, in dem nur die Glühwürmchen leuchteten. In ihrer maximal 15 Zentimeter heruntergelassenen knack-engen Jeans fand mein Mittelfinger neben dem Zeigefinger kaum Platz. Sie dirigierte mich: "Ein bisschen höher!" ... "Da ist der Kitzler." ... "Jetzt bist Du beim G-Punkt." (Ich glaube, sie wusste über dessen Lage auch noch nicht so wirklich Bescheid.) Und doch, es erregte sie, sie war zweifelsohne feucht, stöhnte sanft und lustvoll. Ein "That's it!" signalisierte mir oder sollte mir signalisieren, dass ich das erste Mal in meinem Leben eine Frau befriedigt hatte. Zwar hatte ich das Gefühl, dass sie nur so ein bisschen gekommen war, aber hey, was wusste ich denn schon. An diesem Abend rannte ich sehr erwachsen und vor Glück „Jaaaaa!" schreiend nach Hause.

Den nächsten Abend wären wir fast bei ihr zusammen eingeschlafen. Das heißt: wir wollten das super-gerne. Denn dann wäre es ganz sicher passiert. Aber ihre Mutter klopfte. Nachdem wir uns stur schlafend stellten, hörten wir ein mindestens latent verzweifeltes "Rüdiger, tuuu doch was! Die beiden sind eingeschlafen!" Ihr Vater war nicht schroff, sondern sehr souverän und bestimmt, und er ließ uns keine Chance. Wieder musste ich rennen, um die letzte Bahn noch zu bekommen. Wenn sie mich an dem Abend bloß nicht nach Hause geschickt hätten… ich fragte mich, ob ihr Vater auch eingeschritten wäre, wenn ihre Mutter nicht so panisch geworden wäre. Aber es blieb nichts anderes, als es zu akzeptieren.

Dann waren Ferien, und Amalia fuhr auf eine Ferienfreizeit. Zwei elendig lange Wochen. Ich schrieb Briefe. Ein paar kamen von ihr zurück. Schon an ihren Zeilen merkte ich, dass irgendetwas nicht stimmte. Bei unserem Wiedersehen ließ sie mich nicht lange zappeln. Sie machte Schluss. Nicht herzlos, aber bestimmt. Sechs Wochen heißester Sehnsüchte und Leidenschaften sowie zwei Wochen des Wartens waren vorüber. Meine erste Beziehung, die immerhin zwei intensive und gefühlt sehr lange Monate gehalten hatte. Ich war ihr zu klein gewesen, zu anhänglich, zu unerfahren. Ich kam auf dem Boden der Realität an. Plötzlich war ich nicht mehr auf dem Sprung zum Erwachsenwerden, sondern wieder nur ein kleiner Zehntklässler, der sich nach Liebe und Sex sehnte. Ich heulte, tagelang. Tina spendete natürlich Trost. Das half zwar nicht, aber nach etwa zwei Monaten war der Schmerz doch halbwegs erloschen.

Als ich sie ein paar Jahre später einmal besucht habe, hat sie etwas sehr Schönes gesagt. Sie meinte, wir hätten es miteinander tun sollen. Unser erstes Mal. Gemeinsam. Und ich wusste, dass sie wie immer total Recht hatte. Unser körperliches Verständnis, unsere liebevolle Lust aufeinander, die intensive, verzehrende Leidenschaft. Romantischer hätte man sich nicht gegenseitig entjungfern können.

Warten

Die Erlebnisse mit Amalia hatten mein Selbstwertgefühl gestärkt. Ich war ganz dicht dran gewesen, erwachsen zu werden. Ich hatte eins der heißesten Mädchen der Schule befriedigt. Zumindest vielleicht. War sie nicht eigentlich schon eine Frau? Jetzt fehlte es nur noch, dass ich meinen Penis endlich in eine Vagina stecken konnte, und alles wäre perfekt gewesen.

Es kam die Klassenfahrt. Bretagne. Eine lange Busfahrt. Mala fand mich süß. Und ich sie auch sehr. Wir setzten uns nebeneinander. Sie legte ihren Kopf auf meine bunte Lenny Kravitz-Schlaghose. Mala liebte Lenny Kravitz. Ich streichelte zart ihren Bauch, halb durch ihr Shirt und halb darunter. Ich fühlte mich recht locker und souverän damit, die Erfahrung mit Amalia zahlte sich aus. Bis ich mit dem Daumen leicht gegen etwas hartes stieß. Was war denn das? Ich hatte die Frage schon auf der Zunge. Aber meine unerwartete Unwissenheit war mir absolut peinlich. Außerdem hätte solch eine unsichere Frage vielleicht irgendwie die zarte Pflanze unserer Anbahnung entwurzelt, fürchtete ich. Was tun? Unwissend bleiben? Die Neugier zurückhalten? Konnte ich nicht. Also nestelte ich lieber. Das fand Mala aber gar nicht okay. Sie dachte, ich befummelte sie vorsätzlich. Dieses Missverständnis haben wir nie aufgelöst, und ich habe erst Jahre später gelernt, dass es BHs mit Bügeln darin gibt. Die kannte ich bis dahin nicht. Meine Mutter hatte sowas vermutlich nicht besessen und

Amalia hatte sie in meinem Beisein ganz sicher nicht getragen. Wir waren also noch nicht einmal angekommen, und schon war mein größter Trumpf für die Klassenfahrt verloren. Mala flirtete fortan lieber mit einem anderen Klassenkameraden. Ich war etwas traurig und verstand das Ganze nicht.

Das Schulheim war schon von anderen Klassen ausgebucht, wir mussten in ein alternatives Feriengelände ausweichen. Wir durften. Denn dort gab es 2er- und 4er-Bungalows. Einzeln abschließbar und unkontrollierbar für unsere beiden Lehrer*innen. Mittlerweile hatte ich mich mit dem Alkohol angefreundet. Mein erster Vollrausch nach vier kleinen Flaschen Bier und ein bisschen Sekt. In großen Schlangenlinien fand ich den Weg ins Bett.

Einen Tag ging es Aki nicht gut. Sie hatte wohl Bauchschmerzen. Ich hatte keine Lust auf den Tagesausflug, wollte viel lieber zweisam mit Aki sein. Sie war sehr hübsch, hatte ein super-süßes Gesicht und augenscheinlich sehr wohlgeformte Brüste. Für eine gute Zeit war sie der Star der Klasse gewesen. Ich signalisierte ihr, dass ich situativ Interesse hatte. Immerhin knutschten wir. Natürlich hätte ich es gerne noch viel weitergehen lassen. Aber irgendwie stießen wir sehr häufig mit den Schneidezähnen aneinander. Nicht sehr smooth, sondern eher ein Stimmungstöter. Wir waren neugierig aufeinander, harmonierten aber nicht. Außerdem ging es ihr wirklich nicht so gut. Vielleicht hatte sie ihre Tage. Nach gut zehn Minuten beließen wir es dabei.

Die Klassenfahrt endete, es folgten bierselige Abende, Kneipenbesuche, Wettsaufen, Parties mit ersten Alkoholabstürzen. Irgendwie geriet mein eigentliches Ziel in der Zeit ins Hintertreffen. Denn auch Alkoholabende waren neu, aufregend … und natürlich äußerst männlich. Naja, eigentlich empfand ich das gar nicht so. Es war eher ein Sich-Gehen-Lassen, das neu für mich war und manchmal mit mir durchging. Auch das war lustvoll. Ich realisierte es zu der Zeit gar nicht, aber an diesen Abenden lernte ich kaum Mädchen kennen.

Das Erste Mal

Es war eine Party bei Marcus. Die Party war wirr. Ein hässlicher Keller mit Waschmaschine und Sofa. Irgendwo brannte eine Neonröhre, es gab einen farbigen "Disco"-Strahler. Alles sehr trashig, längst nicht so yeah wie die Tanzschul-Abende oder die coolen Parties bei Ingolf. Die passende, ungekonnt zusammengestellte Musik mit Hits von Rednex bis Blümchen krächzte aus schlechten Lautsprechern. Meine Ansprüche waren nicht hoch, aber das war die schlechteste Party, die ich bis dahin gesehen hatte. Ich trank nicht viel, war noch etwas verkatert vom Vorabend. Ich lernte Svetlana kennen. Svetlana hatte schon viel getrunken. Es gab mehrere Jungs, die in ihr das letzte zu erobernde Gut sahen. Ich auch. Aber es kam ganz anders. Sie hatte ein paar Schnäpse zu viel, musste sich mehrfach übergeben. Ihr wurde kalt, sie zitterte am ganzen Körper. Selbst noch gezeichnet vom Vorabend, hatte ich Mitleid mit ihr. Legte Decke und Arm um sie. Irgendwann schaffte sie es nach Hause. Jemand fand ihr Portemonnaie, das sie beim Kotzen verloren hatte. Völlig selbstlos erklärte ich mich bereit, es ihr am nächsten Tag zu bringen. Naja, vielmehr hatten die anderen mitbekommen, dass ich begonnen hatte, mich um Svetlana zu kümmern. Das Recht des Boten hatte ich mir hart erarbeitet.

In den 90ern war es noch problemlos möglich, über die Adresse an eine Telefonnummer zu kommen. Festnetz-anschlüsse waren die Regel, und sie standen nahezu alle in einem jährlich auf Papier gedruckten Buch. Ich rief bei ihr an, ihre Mutter ging ran. "Ja hallo, hier ist Karl. Kann ich mal die Svetlana sprechen?" - "Ja Moment, bitte. (… Svetlana! Telefon für Dich!)" - … - "Ja hallo?" - "Ja hallo, hier ist Karl. Der Dir gestern Abend beim Kotzen geholfen hat." - "Ah … Du! … hallo!" - "Du hast Dein Portemonnaie verloren." - "Ja, habe ich schon gemerkt." - "Wenn Du möchtest, bringe ich es Dir vorbei." - "Okay. So um drei?" - "Okay, bis gleich."

Ebenso pragmatisch verlief das Treffen. Spät-70er-Einfamilien-Reihenhaus, diesmal das ausgebaute, holzvertäfelte Dachgeschoss. Sie war noch etwas gezeichnet vom Vorabend. Das Portemonnaie war schnell ausgehändigt. Ich hätte theoretisch an der Haustür Absatz kehrt machen und gehen können. Aber auch sie war neugierig. Wir saßen uns auf ihrer kleinen Jugendcouch gegenüber. Es war sehr offensichtlich, dass unsere Füße unauffällig die Nähe des Gegenübers suchten, wobei uns der kleine Couchtisch half. Schließlich beugten wir uns zueinander und küssten uns. Es kam nicht intuitiv, es war gewollt.

Es folgten viele weitere Treffen mit Knutschen und Fummeln. Wirklich leidenschaftlich wurde das nie. Aber wir hatten einen Freund, eine Freundin. Konnten zu zweit zu Parties gehen. Das war viel wert. Manche waren ja schon in viel längeren Beziehungen.

Ist es verwerflich, wenn man dann mit 17 Jahren an einer verkrampften Beziehung festhält, um endlich in den Kreis der

Erleuchteten zu gelangen? Die Coolen und Schönen rochen schon längst alle so nach Sex, als hätten sie es schon mindestens 100 Mal gemacht. Wir wollten auch, endlich und unbedingt. Ich war so erpicht darauf, dass ich gar nicht mehr in der Lage gewesen wäre, entspannt auf ein Mädchen, in das ich mich wirklich verliebt hätte, zuzugehen.

Svetlana ging auf eine andere Schule, gleicher Jahrgang. Wir waren ziemlich gleich alt. Svetlana war kontrolliert und sachlich. Ihre kleinere Schwester war noch zu jung, um heiß zu sein. Ein bisschen die nervige, neugierige kleine Schwester eben. Aber schon damals war klar, dass sie einmal die hübschere und coolere werden würde.

Irgendwann fuhren wir in Urlaub. Das heißt, ich fuhr vor, mit meinen Eltern. Nach Andalusien. Svetlana hatte noch eine Jugendfreizeit, kam eine Woche später nach. Flüge waren noch sehr teuer, und so reiste sie mit dem Zug nach, was immerhin knapp 500 Mark kostete. 24 Stunden am Stück. Der Zug kam in Malaga an. Hunderte Menschen passierten mich am Ausgang des Kopfbahnhofs, fast alle mit dunklen Haaren, mutmaßlich Spanier*innen. Ich musste einsehen, dass Svetlana's blonder Pferdeschwanz nicht angekommen war. Es war Mitte der 90er, Mobiltelefone immer noch Fehlanzeige bei uns. Der nächste Zug aus Madrid kam erst sechs Stunden später. Also wartete ich sechs Stunden am Malaga'ischen Bahnhof. Zehntausende kleiner, quadratischer, weißer Pflastersteine. Leicht uneben verlegt. Ich schritt sie einzeln ab, war schließlich mit allen per Du. Der Zug kam an. Eine vollkommen zerstörte Svetlana fiel heraus. Ein glückliches Wiedersehen sah wohl anders aus.

Sie hatte dann noch ihre Tage gehabt, erholte sich von der Reisestrapaze. Dann endlich, endlich und wirklich taten wir es. Missionarisch. Ich drang in sie ein, auf dem Doppelbett eines andalusischen Ferienappartements mit blütenweißer Wäsche. Hurra! Ach naja … vielleicht doch nicht. Es ging wirklich nicht gut. Sie hatte Schmerzen. Es machte auch keinen Spaß, prickelte null. Wir brachen ab. Natürlich spürte ich, an was es fehlte. Am nächsten Tag ging der Krampf weiter. Es ging schon etwas besser.

Wirklich guten Sex sollten wir niemals haben. Es blieb immer mechanisch, zu gewollt. Ich habe bis heute nicht die geringste Ahnung, auf welche Weise es mit dieser Frau jemals hätte gefühlvoll, romantisch, aufregend, entspannt oder lustvoll hätte werden sollen. Und mit Sicherheit lag es auch an mir, an meinen fehlenden Gefühlen zu ihr. Immerhin pragmatisch war es, wie gesagt. Die Beziehung hielt noch neun Monate. Wir stritten uns viel. Wir trennten uns. Endlich, erleichternd. Kurze Zeit später war sie schon mit Matti zusammen. Die beiden heirateten später. Dass die beiden jemals das hatten, was ich als guten Sex bezeichnen würde, vermochte ich mir nie vorzustellen.

Ich wusste jetzt nichts über guten Sex. Wenigstens das wusste ich auch, insgeheim. Aber ich hatte überhaupt schon einmal Sex gehabt. Immerhin. Es war so immens bedeutsam.

Sonja

Zwei Jahre zuvor hatten sich meine Augen in denen von Sonja verloren. Es war nur eine Station in der Straßenbahn gewesen. Ich fuhr von meinem Sommerferienjob im Getränkemarkt nach Hause, ihre Freundin und sie kamen, den nassen Haaren nach zu urteilen, aus dem Freibad. Ich in staubig-klebriger Arbeitshose, verschwitzt, stinkend nach Schweiß und Bierkisten. Sie blütenrein, shampooesque, vergnügt, ausgeruht, giggelnd. Ich musste nach nur einer Station wieder raus. Es ging zu schnell, als dass ich sie hätte ansprechen können. Außerdem kribbelte mir der ganze Bauch, wenn ich den Mund aufgemacht hätte, wären nur Schmetterlinge herausgeflogen. Sie ging nicht auf meine Schule. Ich stieg aus – und ärgerte mich prompt. Jetzt wusste ich nicht einmal, wo sie aussteigen würde, also in welchem Dorf sie wohnte. Ich wusste also nichts über sie, außer, wie sie aussah, und dass sie an einem Mittwochabend mit einer Freundin aus dem Schwimmbad mit der Straßenbahn nach Hause gefahren war.

Bauchgefühl, Wille, Mut und Glück halfen mir weiter. Ihrem Klamottenstil nach zu urteilen ging sie auf das kirchliche Gymnasium. Dem Einzugsgebiet des Schwimmbads nach war sie nur noch eine Station weiter gefahren, wohnte also in Haisental. Ein paar Tage später, die Schule hatte wieder angefangen, schilderte ich meine Beobachtung einer Freundin, die auf das kirchliche Gymnasium ging. Nach einigem Für und

Wider, Hin und Her, Hätte und Könnte, spuckten ihre Berechnungen das Ergebnis "Sonja Hosentief" aus. Die Telefonnummer war schnell erblättert. Ich rief an. Die Mutter nahm ab. "Hosentief!?" – "Ja guten Tag, hier ist Karl. Kann ich bitte die Sonja sprechen?" – "Ja Moment (… Sonja! Hier ist Telefon für Dich!" … "Wer ist es denn?" – "Karl." – "Karl? Den kenne ich nicht …) Sonja Hosentief?!" – "Ja, ääääh, hallo, äähh, hier ist Karl, Du weißt, äää, ach neee, weißt Du nicht. Also der aus der Straßenbahn." Denkpause am anderen Ende. Ich glaube, hoffte, sie spekulierte, ob ich der sei, in dessen Augen sich die ihrigen verloren hatten. "Ja, und ich dachte, vielleicht können wir uns mal wiedersehen?" – "Hmmmm. Ja…" Sie folgte ihrem Gefühl und ihrer frühjugendlichen Neugier. „Also … ja … können wir machen." – "OK. Wann denn?" – "Vielleicht … morgen früh? In der Straßenbahn. 7:35 Uhr. Letzte Tür. Ich habe eine Freistunde."

Es klappte. Wir trafen uns. Und sie war es tatsächlich. Es war Glück von der ersten Sekunde an. Und ich war tatsächlich der, den sie in mir vermutet hatte. Mitte der 90er gab es das Internet höchstens für Freaks, und niemand kannte es. Social Media war in der heutigen Form noch nicht einmal erfunden, kein Stalken möglich. Nahezu unglaublich, dass unsere Bauchgefühle uns hatten wiederfinden lassen. Wir stiegen aus. Sie schwänzte in Wahrheit die Schulmesse. Wir schlenderten plan- und ziellos über den Markt. Ein hässliches Beton-Sitzmäuerchen im Rücken eines Marktstandes gab uns genug Geborgenheit in dieser lauten, rummeligen Umgebung. Und meinen vor Aufregung schlotternden Knien Gelegenheit, sich ein wenig zu entspannen. Wobei es nicht zur Entspannung kam. Stattdessen wurden unsere Köpfe ohne viele weitere gesprochene Worte magisch zueinander gezogen, und unsere Lippen berührten sich elektrisierend. Ihre Lippen waren sehr voll, etwas trocken, aber sanft, ihre Haut war weich, ihr Atem tief und schnell. Ich hörte ihr Herz mit meinem um die Wette klopfen.

Wir waren dann fast zwei Wochen zusammen, bevor sie mir unter Tränen sagte, dass sie mit 14 noch zu jung für eine Beziehung sei. Sie machte Schluss. Ich ahnte, dass sie Ärger zuhause bekommen hatte.

Aber ich hatte ihr Herz mindestens so sehr erobert wie sie meins. Und in der folgenden Zeit, in der ich dann mit Svetlana zusammen war, beäugte sie, immer wenn sie davon etwas mitbekam, Svetlana kritisch. Sonja gehört zu den gutherzigsten Menschen, die mir in meinem Leben jemals begegnet sind. Vielleicht hat sie all ihre böse Kraft zusammengenommen und Svetlana hier und da mal mit einem kleinen Fluch belegt.

Auch wenn ich während der Zeit mit Svetlana nicht sonderlich an Sonja dachte, weil ich in einer Beziehung leben wollte, in der es schon über Elternkonflikte hinausging, und stattdessen Sex im Zentrum meines Denkens stand – ganz vergessen hatte ich Sonja nie. Nach einiger Zeit bekam sie mit, dass Svetlana und ich uns getrennt hatten. Wir verabredeten uns alsbald. Sie war nun fast 16 und besuchte mich in meinem kleinen Appartement in meinem Elternhaus. Weinend ob der verpassten gemeinsamen Zeit saß sie sehr bald in meinem Rattansessel, und ganz ehrlich, in dem Moment hatte ich eigentlich noch gar keine Absichten gehabt. Aber ihren Kullertränen konnte ich mich einfach nicht erwehren, schmolz dahin. Ich kniete mich schräg hinter den Sessel, legte meinen Arm zärtlich tröstend um sie. Es dauerte kaum eine Sekunde, dass sie sich zu mir umgedreht hatte und wir uns küssten. Ihre Sehnsucht nach mir war einfach zu stark und ihr Charme unwiderstehlich.

Und da waren sie wieder, die zarten, vollen, etwas spröden Lippen, ihre Verletzlichkeit, Ehrlichkeit. Ab dem Moment war alles klar. Sie war die Sonne. Für sie war ich der Mond. Wenn sie lachte, erstrahlte die Welt. Wenn sie weinte, regnete es in Strömen. Wir hatten eine wunderbare Zeit. Natürlich war ich jetzt schon deutlich erfahrener als sie, aber das Versprechen füreinander hatten wir nun deutlich ausgedrückt. Es war klar, dass wir niemand anderes wollten, es gab keine Anlässe für Eifersucht mehr. Sie musste nur eben noch den hübschen Peter absägen.

Dann fiel es mir leicht, ihr alle Zeit zu geben, die sie benötigte. Über die Wochen wanderten meine Hände unter ihre Shirts, öffneten behutsam und schon recht gekonnt ihre BHs. Vielleicht war es doch gut, dass ich solcherlei Erfahrung mit Svetlana – quasi als Trockenübung – schon gesammelt hatte, denn so war ich einfach entspannter und Sonja, wissend um meine Erfahrung, fühlte sich offensichtlich sicher bei mir. Wir begannen bald, unsere Jeans mal respektvoll im Schritt zu berühren. Irgendwann gingen Knöpfe und Reißverschlüsse annähernd von selbst auf. Ich erlebte noch einmal die Romantik und Selbstverständlichkeit, die die Beziehung mit Amalia ausgemacht hatte. Ein zweites Mal erlebte ich das erste Mal, nur dass es diesmal nicht verkrampft, sondern sanft und aufregend war. Es folgten stürmische, leidenschaftliche Stunden, Tage, Abende, Nächte, Morgende, Wochen, Monate und Jahre. Spät-70er-Einfamilien-Reihenhaus, ausgebautes, holzvertäfeltes Dachgeschoss.

Unser körperliches Verständnis war außerordentlich. Wir konnten uns gehen lassen. Wir verschmolzen. Die Bewegungen waren so harmonisch wie es die Tentakeln von verliebten Tintenfischen sein mussten. In Wellen des Glücks steigerten wir uns bald ekstatisch von Höhe zu Höhe. Mühelos war es so, dass wir gleichzeitig kamen. Unser Sex war eine immer blühende sommerliche Blumenwiese, betörend duftend. Er war immer wieder sehr gleich, und doch sind natürlich keine zwei Blüten gleich. Wir pflückten sie alle.

Sonja mochte keinen Oralsex. Das war ihr zu unanständig. Anal kam uns beiden gar nicht erst in den Sinn. Warum auch, vaginal war wunderbar. Mal ritt sie auf mir, hingebungsvoll, ihr Brüste wippten ausgiebig. Mal missionierte ich sie, und immer steigerten wir uns ungezwungen und echt. Ihr Stöhnen berührte mich so tief wie einst ihre Tränen. Doggy-Style war nicht so ihr's. Lieber einander zugewandt, verliebt, leidenschaftlich. Dafür auch mal im Zelt oder im Wald. Richtig toller, manchmal auch spontan-romantischer Blümchensex.

Und auch deswegen wurde es mir nach ein paar Jahren langweilig. Es stiegen Fragen in mir auf. Wollte ich jetzt wirklich bis ans Ende meiner Tage mit nur noch dieser (tollen) Frau Sex haben? Mittlerweile war ich Anfang 20, hatte den Zivildienst nach dem Abitur durchgezogen und lernte bei einer Bank. Ich war zum ersten Mal in Richtung Großstadt orientiert. Sonja ging noch ein letztes Jahr zur Schule. Zu dieser Zeit drifteten wir auseinander. Ich erweiterte gerade meinen Horizont, war neugierig auf die Welt. Sie wollte ausdrücklich ihr ganzes Leben in dem Dorf verbringen, in dem sie aufwuchs. Ich wollte Oralsex kennenlernen, stellte mir das unglaublich vor. Ich wollte wissen, wie andere Frauen im Bett sind.

Sonja war die einzige Person, der ich fremdgehen sollte. Ausgerechnet ihr. Der wärmste Charakter, den ich je kennenlernen durfte. Der zarteste und feinste Mensch, Ausgeburt von Reinheit und Ehrlichkeit. Ich kam mir schäbig vor. Und doch war der Wunsch nach Neuem stärker. Ich musste mir Mut antrinken, indem ich vom Liebessaft anderer Frauen naschte. Musste mir selbst Gründe bauen, warum es schlussendlich unmöglich sein würde, sie nicht zu verlassen. Sonst hätte ich das nicht über's Herz gebracht. Ich war ein Schwein. Nach etwa zweieinhalb Jahren Beziehung hatte ich angefangen fremdzugehen. Nach knapp dreieinhalb Jahren verließ ich sie. Ich war traurig, ich war befreit, und ich wusste, ich würde es eines Tages bitter bereuen.

31

One Night Stands mit Fremden

Eins hatte der Sex mit Sonja mir nachdrücklich gezeigt. Ich konnte sehr guten, sehr schönen Sex haben. War es mit Svetlana eher noch ein krampfhaftes, recht gefühlloses Rein & Raus gewesen, hatte ich mit Sonja das Vergessen von Zeit und Umgebung erlebt. Mein Ego war einerseits genährt und geschmeichelt, auf der anderen Seite war mir das Suchtmittel nun erst so richtig injiziert worden. Ich hatte großen Durst.

Neben der Ausbildung kellnerte ich. Manchmal war man selbst der Schlusskellner, manchmal trank man, bis der Kollege oder die Kollegin abschloss. An einem der sehr späten Abende stand plötzlich Anke vor mir. Sie sah schön aus, lachte mir ins Gesicht. Wir verstanden uns gut. Knutschen konnten wir in Rekordzeit. Mein Weg nach Hause wäre noch sehr weit gewesen. Sie wohnte im Schwesternwohnheim. Das war nicht so weit. Ich nahm ihr Angebot dankend an.

Wir vögelten ewig. Ich kam nicht, die Masse an Alkohol wirkte. Spaß machte es trotzdem. Schweiß rannte mir runter, in den Nachbarzimmern hatten sie sicherlich Mitleid. Ich genoss es, ewig vögeln zu können. Andererseits ließ die Erektion auch manchmal nach. Irgendwie fühlte ich, dass ich stank. Nach Alkohol stinken musste. Irgendwo wusste ich, dass es falsch war. Sonja lag zuhause in ihrem Bett und schlief. Irgendwann schliefen Anke und ich ein.

Mit dem Aufwachen hatte ich einen Riesendurst und Kopfschmerzen. Nach drei Sekunden wusste ich, wo ich ungefähr sein musste, und was passiert war. Ich blickte auf Anke. Ein kalter Schauer rannte mir runter, ich spürte Übelkeit. Sie war urplötzlich sehr hässlich. Ich musste weg. Stammelte nur "Fußballtraining", sprang in meine Hose und war durch die Tür. Ich fühlte mich beschmutzt. Aber Schuld war ich es allein. Ich hatte mich selbst beschmutzt. Ich hatte nicht auf mich geachtet. Glücklicherweise sind wir uns nie wieder begegnet. Oder ich habe sie nicht wiedererkannt.

Ein anderes Mal hatte ich nicht gar so viel getrunken. Sie war heiß. Draußen war es auch heiß gewesen, vor dieser lauen Sommernacht. Wir hatten beide ein paar Cocktails intus. Sylwie hatte blondes glattes Haar, war klein, herzliches, hübsches Gesicht, einfacher, direkter und offener Typ, Marke Jennifer Aniston, schlank, sportlich, volle Brüste, ein Traum. Warum wir zwischenzeitlich zusammen die Kneipe verließen, wusste eigentlich niemand so genau. Wir hatten kein Ziel. Eine unsichtbare Hand führte uns. Nichts war abgesprochen. Vorbei an ein paar Kneipen, lärmenden Pöbels, die in dem Moment sofort alle mit mir getauscht hätten, steuerten wir auf den Schlosspark zu. Ich kannte den Park nicht so gut. Ein zufällig dastehender Stromkasten erleichterte uns den Weg über die Mauer, knirschender lauter Kies um uns herum, dort, wo sonst plötzlich alles ruhig war. Es gab hier angeblich einen Wärter, der nachts patrouillierte und Leute verscheuchte. Vielleicht gab es sogar Strafen. Also schnell.

Wir landeten im Lustgarten. Da war sogar eine Bank. Sehr schnell hatten wir uns des gröbsten entledigt, und sie ritt. Sie roch nach Cocktails, Kaugummi und jungem Duft. Mein nackter Arsch auf der mit einzelnen Kieseln bedeckten Parkbank. Wir wurden lauter. Es war unstoppable. Schritte kamen näher. Hinter der dicken, hohen Buchenhecke gab es einen Parkplatz. Die Leute dort hörten uns ganz bestimmt. Es wäre uns jedoch nicht einmal in den Sinn gekommen zu unterbrechen oder gar aufzuhören. Wir waren absolut geil aufeinander, enthemmt durch Hochprozentiges und voll im Flow. Teils verschmolzen unsere Münder, teils lauschte die Hecke andächtig unserer großen Lust. Wir brauchten keinen Stellungswechsel, der wäre technisch auch nicht so einfach gewesen. Mit einem Bein steckte sie noch in der sexy engen Jeans, ihr Höschen hatte sie gar nicht erst aus- sondern irgendwie nur halb runtergezogen. Irgendwie hatte ich mich zwischen ihr Höschen und ihren feuchten Schoß manövriert. Wir taten es extrem gut, hemmungslos, leidenschaftlich. In meinem Gehirn wäre nicht ansatzweise Platz für irgendetwas anderes gewesen. Dieses hier war perfekt. Es war die Erfüllung. Es war der Sinn des Lebens. Wir kamen.

War das Auto eigentlich weggefahren? Wir wussten es nicht. Nach ein paar Momenten kamen wir wieder zu uns, wurden etwas nüchterner. Ein Gefühl von Vorsicht hielt nun Einzug. Nur jetzt nicht erwischt werden, wir wollten zurück. Eilig zogen wir uns wieder an, schlichen uns zügig aus dem verbotenen Garten, über den im Mondlicht schimmernden hellen Kies, niemand hielt uns auf. Wir kletterten über das

Mäuerchen zurück und schafften es sogar noch, rechtzeitig zur letzten Runde wieder in der Kneipe zu sein. Ich dankte dem Leben für diese traumhafte Erfahrung. Es war mit der beste Sex meines Lebens gewesen, und es würde schwer sein, ihn zu übertreffen.

Wenig später habe ich sie nochmal besucht, und wir taten es auf ihrer Couch. Es war nicht dasselbe. Ein nicht schlechter, doch eher mäßiger Fick, der mich zwar befriedigte, sie jedoch nicht. Der Zauber war nicht da. Wir blieben trotzdem in Kontakt und haben uns in guter Erinnerung.

Lulu war durchschnittlich hübsch. Wir trafen uns auf einer Kostümparty eines Kollegen und hatten beide ziemlich früh im Sinn, in der Kiste zu landen. Sie nahm mich mit nach Hause. Wir hatten ein blindes körperliches Verständnis, wussten untrüglich, was der*die andere wollte. Worte waren nicht notwendig. Meistens ritt sie auf mir in ihrem Wandbett in einem Studentenzimmer. Sie spürte meine Vorliebe für das geritten-werden. Als wäre es das selbstverständlichste von der Welt, kamen wir gleichzeitig. Wir hätten grundsätzlich sehr gut zusammengepasst, das spürten wir. Aber unser soziales Leben war gerade vollkommen inkompatibel. Ich war nun Single, machte gerade eine Bankausbildung, sie absolvierte einen Studiengang. Etwas Pädagogisches oder mit Sprachen oder so, hatte sie erwähnt. In Sachen Coolness und Reife war ich ihr nicht ansatzweise gewachsen. Ich war ein kleiner Vorstadtfuzzi, der sich gerade noch einbildete, mit seiner Ausbildung auf einer ganz großen Spur zu sein. Als ich sehr bald darauf anfing, mit meiner Banksituation zu hadern und mir vorzustellen, ich könnte etwas tun, das wirklich zu mir passte, begann ich, sie mir zurück zu wünschen. Einfach auf Augenhöhe begegnen, keine sozialen Zwänge und Hürden. Leben und leben lassen. Lieben und geliebt werden.

One Nights Stands mit Freundinnen

Ein Jahr zuvor hatte sich Karla gerade erst von unserem Gitarristen getrennt. Sie war recht unnahbar, aber ihr Katzenwesen hatte mich schon immer scharf gemacht, ebenso ihr knackiger Arsch. Sie wusste, wie sie sich vor Männern zu positionieren hatte, auch wenn sie es vielleicht gar nicht so bewusst tat. Wir waren beide als Letzte in einem Partyraum übrig geblieben und übernachteten dort. Eigentlich wollte sie nicht. Ich zwang sie nicht, aber ich überredete sie mit sanft streichenden Händen. Immer wieder. Sie war indirekt mit Sonja befreundet und verkrampft. Ich wollte unbedingt. Ich war auch verkrampft. Ich drang in sie ein, ein paar angespannte Bewegungen. Ich kam. Das war für den Arsch gewesen. Es brachte uns einander natürlich nicht näher, eher stand es zukünftig zwischen uns. Der Umstand, dass sie mit dem Gitarristen und später dem Saxofonisten zusammen gewesen sowie mit mir im Bett gewesen war, brachte ihr im Kreis der Band später den liebevollen Namen "Bandmatratze" ein. Das klang niederträchtig, war aber eigentlich keineswegs böse oder abwertend gemeint. Hintergründig schwang Bewunderung darin. Karla war das größte Band-Luder, das wir kannten. Und genau dafür lieben Musiker den Rock'n'Roll und Frauen, die sich derartiges trauen, auch wenn sie es vielleicht gar nicht so bewusst taten. Sie hatte definitiv alles richtig gemacht. Später heiratete sie dann den Bandmanager.

In meinen letzten Schuljahren gab es schon dieses mobile Telefon. Manche Klassenkamerad*innen besaßen schon Mitte der 90er ein Nokia. Es sollte bei mir noch etwa zehn Jahre dauern, bis ich mir ein Siemens mit Monochrom-Display und oranger Hintergrundbeleuchtung zulegte. Für meine vor Sonja geheimen Dates hatte sich Ende der 90er aber ein anderes, neues Medium als hilfreich etabliert, diese Email. Lola hatte ich einige Jahre zuvor als Freundin meiner Cousine kennengelernt. Große braune Kulleraugen, staunend, strahlendes Lächeln, dunkler Teint, glatte Haare, Pferdeschwanz. Eine Angelina Jolie hätte sie ganz locker in die Tasche gesteckt, weil sie obendrein auch noch total natürlich war. Körbchengröße inzwischen mindestens C, trotz ihres zarten Alters. Sie war jüngst 18 geworden … na gut, da sind die Brüste dann schon bis auf Weiteres ausgewachsen, trotzdem kam sie mir sehr jung vor, weil sie für mich einfach immer noch die Freundin meiner kleinen Cousine war. Meine Cousine wusste nichts von unserem ersten und einzigen Treffen ohne ihre Beteiligung. Ich holte Lola mit dem Auto von der Bahn ab, wir fuhren in die Großstadt. Eigentlich hatte ich keinen Plan wohin. Wir strandeten in einem Mittelding aus Bar, Kneipe und Club.

Der Laden war super voll und stickig. Anfangs hatte ich das Gefühl, dass wir gar keinen Raum für uns hatten. Gedrängt standen wir beieinander. Das war an sich nicht schlecht. Aber ich fühlte mich nicht wohl und entspannt. War es das schlechte Gewissen? Hatte ich Angst, dass uns jemand sah, der Sonja kannte? Dann gingen die Dinge von selbst ihren Weg. Nach einem Aufwärmdrink wurde ein Tisch frei, an dem wir unsere Gläser parken konnten. Ein unbeschwerter Wechsel zwischen Tanz- und Trinkmomenten. Wir wurden sehr warm miteinander. Unsere Gesichter lachten sich zu. Auch mit 12 war sie schon sehr hübsch und süß gewesen. Mit meinen damals knapp 16 Jahren war ich für sie schon ein heißer Feger gewesen. Jahrelange Bewunderung wollte sich ihren Weg bahnen. In einem unbedachten Moment des Saugens an ihrem Strohhalm verfing sich dann aus purem Zufall ihr knackiger, voller Hintern an meinem rechten Knie, das lässig am Barhocker posierte. Ein Blitz krachte durch das Gebäude, in meinen Ohren wurde die Musik dumpf. Plötzlich gab es nur noch diese Berührung. Zart griffen sich unsere Finger, bald schon zog ich ihre Hüfte an mich ran. Das gegenseitige Anschmachten entlud sich. Kurz zündelten unsere Blicke. Unsere Lippen berührten sich sanft. Unsere Zungen genossen den Geschmack des zuletzt vom jeweils anderen getrunkenen Cocktail und eigentlich hörten wir trotz lauter Musik und Kneipenlärm nur noch den Atem des jeweils anderen.

Wir fraßen uns auf, inmitten des Ladens. Noch einmal tanzen. Noch einmal knutschen. Immer wieder diesen Moment erleben, wie es ist, die Distanz endlich zu überwinden. Als ob wir feierten, dass wir es geschafft hatten, das zu tun. Dann wollten wir weg. Wir wollten uns. Bloß wie? Ich fuhr uns aus der Stadt heraus. Wir sprachen wenig. Unsere Hände fingen an, an der Jeans des jeweils anderen zu nesteln. Sie knetete meinen Schwanz bald schon recht konkret, ich rieb ihre Jeans und spürte durch den Stoff ihre Wärme und Feuchtigkeit.

Als Geschenk tauchte aus dem Nichts rechtsseitig der Straße ein großer Haltestellen-Parkplatz auf. Zwar schaffte ich es noch, nach weit hinten durchzufahren, aber für das Einparken in eine Parklücke reichte es nicht mehr. Stattdessen nur noch Motor aus, Licht aus. Es war längst vorbei mit der Behutsamkeit, entsprechend hastig rissen wir uns gegenseitig die Klamotten vom Leib. Im Honda Civic war es eng. Den Beifahrersitz ganz nach hinten klappen. Zuerst versuchten wir es missionarisch. Es war zu wenig Platz. Ich legte mich. Sie ritt mich, erst klassisch, dann spanisch nach hinten gelehnt. So ging es am besten. Ich konnte ihre riesigen, vollen, wunderschönen, wippenden Brüste greifen, während ihr voller Pferdemädchen-Hintern sich gierig auf meinen Schoß presste und sie meinen Penis melkte, als gäbe es kein zweites Mal. Sie bewegte sich geschmeidig und kraftvoll. Je intensiver sie mich spürte, desto lauter stöhnte sie. Wir schwitzten, die Scheiben waren schon rundum beschlagen.

Ein anderes Auto fuhr auf den Parkplatz. Es leuchtete von hinten in meinen Wagen. Es musste von außen vollkommen klar sein, was hier drin vor sich ging. War es die Polizei? Das Auto leuchtete, wir vögelten ungebremst, sie konnte nicht aufhören. Ob man ihre Silhouette von außen sah? Das Auto entschied sich nach einigen Momenten, weiterzufahren.

Aufgrund der Enge gab es nicht viel Bewegungs- und Ausweich-Spielraum und sie war so leidenschaftlich und gierig, dass es auch keine Entspannungsphasen gab. Ich konnte nicht anders, als irgendwann zu kommen. Ihr fehlte etwas zum Höhepunkt, und so bedauerte ich, ihr nicht das gegeben zu haben, was ihre ganze Pracht so sehr verdient hätte. Sie war eine lockere 11 von 10, äußerlich und vielleicht auch innerlich. Jedenfalls die heißeste Frau, mit der ich jemals vögeln würde. Der Begriff MILF war noch nicht erfunden, und natürlich war sie weit davon entfernt, eine Mutter zu sein, aber eigentlich verkörperte sie genau das: eine Frau mit großem mütterlichem Potential im atemberaubenden Körper einer 18jährigen. Es gab kein zweites Mal. Ich glaube, dass sie eigentlich eine Beziehung gewollt hatte. Hätte. Direkt. Das ging bei mir gerade nicht. Ich war innerlich noch damit befasst, Sonja zu verlassen. Das beleidigte sie. Letztlich gab sie mir mit den letzten Kick, den ich brauchte, um innerlich von Sonja loszukommen. Auch das konnte ich ihr nicht mehr sagen. Ich habe sie nie wieder gesehen, nachdem ich sie an ihrem Elternhaus abgesetzt hatte. Danke, Lola.

One Night Stands mit Schulkameradinnen

Mit dem Abschlusszeugnis wurde mir klar, dass ich nie Sex mit einer Klassenkameradin gehabt hatte. Geknutscht hier und da, auch mal Heavy Petting. Aber Sex, eine Beziehung? Nein. Das warf vor mir selbst kein gutes Licht auf mich. Ich musste irgendwie unattraktiv sein, wenn man mich von Nahem erlebte. Oder wie?

Da waren immerhin Romanzen gewesen. Da war Dani, der ich über mehrere Jahre versichert hatte, dass sie den geilsten Arsch der Schule hatte. Das brachte wenig. Da war Marla, die ich lange angehimmelt, verehrt hatte und die am gleichen Tag geboren worden war wie Svetlana. Schon vor meiner ersten Beziehung hatte ich sie verehrt, und auch währenddessen. Ihr gegenüber hatte ich auch nie einen Hehl daraus gemacht. Meine Inkonsequenz, irgendwann mit einer anderen zusammen zu sein und sie weiter anzuhimmeln, ließ mich in ihrem Ansehen wahrscheinlich einfach nur sinken. Sie hätte sich sowieso für Jay entschieden. Ach, egal.

Trösten konnte ich mich damit, die Freundin eines Klassenkameraden im Keller vernascht zu haben. Er war zwar auch auf der Party gewesen. Es war auch nicht geplant, sondern ergab sich so. Wir waren ziemlich betrunken. In einem Moment des nahen Tanzes trafen sich unsere Lippen, während er mit seinen Kumpels im Garten grölte. Die beiden waren schon lange zusammen gewesen, zwei Jahre oder so. Kein Grund, seine äußerst süße Freundin so zu vernachlässigen, oder was?! Sie hatte Kulleraugen, ein lustiges, verschmitztes Lächeln, eine sehr lebendige, ausdrucksstarke Art. Ein bisschen war jeder scharf auf sie. Sie hatte die größten Brüste der Schule bis einschließlich der 11. Klasse.

Dass niemand bemerkte, dass wir uns in den Keller schlichen, zeugte von der Lautstärke der Party und deren durchschnittlichem Alkoholkonsum. Sie zog mich zu sich heran, meine Finger fuhren in ihr lockiges Haar. Ihre Zunge war prall, nass, verspielt, geschmeidig und schmeckte wunderbar süßlich. Manchmal schafft man es trotz gegenseitigem Auffressen auch noch, sich die Lust um die Ohren zu stöhnen. Es war sonnenklar, dass ihre Vulva so feucht sein würde, wie ihre Zunge. Presste ich sie anfangs noch an die Wand, streichelten, kneteten meine Hände anfangs noch diese Brüste, an denen sich meine Augen schon so oft geweidet hatten, so ging es doch plötzlich ganz schnell.

Viel zu schnell eigentlich. Es wäre viel schöner gewesen, das alles zu zelebrieren. Jeden Quadratzentimeter freigegebener Haut auszukosten. Aber der Alkohol. Und die Heimlichkeit im Nacken. Der Kick, erwischt werden zu können. Ich legte mich auf den kalten Kellerboden und sie ritt mich. Meine Hände griffen ihren prallen, süßen Arsch, und ihre Feuchtigkeit verrieb sich rund um meinen Schwanz. Immer wieder beugte sie sich rüber, und zwischen ihren dichten, wippenden Locken fand sie trotz ihrer ekstatisch-deliriesquen geschlossenverdrehten Augen mit beeindruckender Treffsicherheit meine Zunge. Beugte sich wieder nach hinten, meine Hände griffen immer wieder diese riesigen, wippenden Brüste. Ein paar Jahre später hat sie sich ihre Brüste verkleinern lassen, wegen starker Rückenschmerzen.

Mit meinem Klassenkameraden war sie dann nicht mehr lange zusammen. Zwischen ihm und mir war natürlich Eiszeit. Er schaute mir nie in die Augen. Ich ihm schon. Aber ich hatte Schiss vor ihm. Er war größer und ganz sicherlich stärker. Auch wenn seine Körpersprache mir anfangs signalisierte, dass er sich beherrschen musste, um mir nicht die Nase zu brechen, normalisierte sich das Verhältnis später wieder ein wenig. Wir waren vorher nie großartige Freunde gewesen. Wenig überraschend wurden wir es auch später nicht mehr. Dabei war er eigentlich ein sehr feiner Kerl. Er lästerte nicht, war stets aufgeschlossen und korrekt und tat scheinbar nie jemandem Unrecht. "Im Gegensatz zu mir!", hörte ich das tadelnde Engelchen sagen. "Wieso?", entgegnete ihm das explorative Teufelchen, "Du bist ihm ja nicht fremd gegangen! Das war schließlich Sally!"

Die Welt ist voll von diesen Geschichten, und die Frage, ob der*die Seitensprung-Partner*in eine moralische Mitschuld trägt, ist jedesmal anders zu beantworten. Wenn ich ehrlich bin, es tat mir schon auch leid. Eben weil er eigentlich ein feiner Kerl war, der das nicht verdient hatte. Das hätte genug Grund sein können, um es nicht zu tun. Hätte ich es deswegen rückgängig machen wollen? Hmmmmm. Ach. Eigentlich nicht.

Ein paar Jahre später sollte sich Sallys jüngere Schwester in meinem Hochbett wiederfinden. Da blieb das Höschen allerdings an. Als einzigstes. Sie bediente mich mit einem Blowjob. Das war ein bisschen bedauerlich. Es hätte meinem Ego eine besondere Krone aufgesetzt, mit zwei großbusigen Schwestern gevögelt zu haben. Ob die eine jemals der anderen davon erzählt hat? Ich könnte es mir vorstellen. Wenn ich sie nochmal wiedersehe, frage ich sie mal.

Mit Jessica lief es so wie mit Karla. Sie war eine absolute Tussi, trug die engsten weißen Jeans von allen. Sie war auf Chorfahrt nur sehr schwer zu überzeugen. Irgendwann fanden wir uns auf einer Toilette wieder. Aber sie war nicht richtig feucht, und ich kam sofort. Das war ziemlich peinlich, und die Worte, die wir seitdem gewechselt haben, würden kaum eine Zeile füllen. Zudem hatte ich fortan Schiss vor Pedro, ihrem muskulösen Freund.

Den ersten Blowjob meines Lebens hatte ich recht spät gehabt. Kathrin hatte eine wahnsinnig tolle Figur, sie kam mit zu mir nach Hause. Ich ging fest davon aus, dass wir vögeln würden. Doch sie wollte ihr Höschen anbehalten, und ihre natürliche Autorität ließ keinen Zweifel aufkommen. Aber sie blies. Man kann sich vorstellen, wie toll es sich sowieso schon anfühlt, wenn das nach etlichen Jahren des unerfüllten Wunsches endlich passiert. Obendrein blies sie göttlich, warm, weich-wohlig und sehr nass. Sie hatte es einfach raus. Ihre schulterlangen Locken streichelten dabei meine Lenden, und schon dieses neckische Kitzeln machte mich total verrückt. Sie beeindruckte mich damit, wie sauber, rückstandslos und professionell sie das Sperma schluckte. Als wäre nichts gewesen, zog sie sich an und entschwand bald. Ich blieb im Gefühl zurück, irgendetwas falsch gemacht zu haben. An irgendeinem Punkt musste ich sie irritiert haben. Dass sie mich trotzdem versorgt hatte, rechnete ich ihr hoch an. Endlich zu wissen, wie sich das anfühlt, oral verwöhnt zu werden, lies mich jubilieren.

Ein paar Jahre zuvor war die Klassenfahrt in der 12. Klasse klasse gewesen. Eine andere Preisklasse. Das durchschlagendste Merkmal unserer Polen-Tour war der gute Vodka, verbunden mit der Erkenntnis "Kost ja nix!". Die Produkte kosteten dort zu dieser Zeit etwa ein Viertel bis die Hälfte der deutschen Preise, und als nicht überreiche Schüler*innen kosten wir das bis zum letzten Tropfen aus. Ich schaffte es, jeden Abend Vodka zu trinken. Selbst am zweiten Abend, nachdem der erste mit viel Erbrochenem seinen Tribut gefordert hatte. Am letzten Abend waren wir alle voll im Training. Wieso Dora und ich dann angefangen haben, zu knutschen, weiß nur der Wyborowa. Wir schlossen uns in meinem Zimmer ein. Dora war eigentlich eine unerreichbare Frau. Hatte eine Klasse wiederholt, war schon so tough, so erwachsen. Groß, blond, selbstbewusst, tolle Brüste. Ihren Freund hatte sie seit sie 14 gewesen war. Zwischen die beiden hatte nie ein Blatt gepasst.

Jetzt war sie voller Sturm und Drang. Sie stöhnte. Wir wollten es beide. Wir gingen zu Boden, sie drückte mich runter, rieb sich auf meiner Jeans. Meine Hände fuhren unter ihrem schwarzen, erwachsenen Wollpullover entlang, ich entklipste ihren BH, strich und knetete ihre volle Pracht. Der Moment, wenn Frauen sich ihren Pullover, Shirt und BH mit einem Wisch über den Kopf vom Leib reißen, ist vielleicht kurz. Der Anblick der wohlgeformten Brust, die durch die in diesem Moment nach oben gerichteten Arme das fahle Licht zu einem Sonnenaufgang am Meer werden lässt, brennt sich umso nachhaltiger auf die Netzhaut ein. Es ging noch eine gute Weile weiter. Ich wollte es. Sie auch. Die Stimme in ihr, dass das nicht ging, war jedoch laut genug, um auch bei Vodka-getränkten Ohren noch vernehmbar zu sein. Ich spürte, wie sie mit sich kämpfte. Irgendwann war mir klar, dass sie nicht weiter gehen würde. Sie war darin anders als ich es ein paar Jahre später sein würde. Ich verlor ein bisschen das Interesse am Knutschen, trotzdem fraß sie mich noch ein bisschen auf. Eigentlich war ich, noch kurz vor der Beziehung mit Sonja stehend, ziemlich verwundert zu sehen, wie man so tief leidenschaftlich sein konnte, wenn man doch eigentlich einen Freund hatte. Ihre Beziehung musste ein wenig davon vermissen lassen, dämmerte es mir. Zurück in Deutschland beichtete sie ihm alles. Die beiden versuchten es noch ein wenig miteinander, wollten ihre vormals gute Beziehung nicht direkt über den Haufen werfen. Doras Noch-Freund war älter und kam aus meinem Dorf, aber er war nicht der Typ, vor dem selbst ich als schmächtiger Hungerhaken mich ernsthaft hätte fürchten brauchen. Nach ein paar Monaten waren die beiden Geschichte.

Wo stand ich später nach Sylwie und Lola mit mir selbst? Jede neue sexuelle Erfahrung war eine Trophäe, eine Ansteckblume, mal groß und prächtig, mal klein aber auch ganz interessant. Der Strauß wuchs und verblühte nicht. Warum sollte er eigentlich noch weiter wachsen? Wäre es nicht möglich gewesen zu sagen: "Okay, jetzt habe ich doch schon einige Einblicke in die Frauenwelt bekommen? Ich suche mir die Richtige, und bei der bleibe ich dann." Nein, irgendwie nicht. Es war eher eine kleine Sucht.

Wer wird süchtig? Jemand, der Schwächen hat. Mein Selbstbewusstsein war schmächtig, gerade körperlich. Ich war nur mittelmäßig groß, lange sehr schmal gewesen. Beim Sex mit kleineren Frauen durfte ich jedoch der Große sein. Ihnen war es egal. Vielleicht fanden sie es auch gut oder standen sogar darauf. Wenn Sie kamen, bekam ich ein Sonderlob von mir selbst: "Sehr gut, Du hast sie zum Höhepunkt gebracht!" Und der sich stets vergleichende Charakteranteil fügte hinzu: „Das kann vielleicht gar nicht jeder!".

Mein körperliches Minderwertigkeitsgefühl und meine leistungsorientierte Erziehung gaben sich dann die Hand. Wenn ich meine Männlichkeit gespürt hatte, im besten Fall wenn sie gekommen war, war Frieden in mir und ich war stark. Durch meine Feinfühligkeit glaubte ich, vielleicht besser als manch anderer Mann zu empfangen, was die jeweilige junge Frau wollte. Das empfand ich als die positive Kehrseite meines mangelnden Machotums. Eigentlich wäre ich gerne maskuliner gewesen, hätte gerne mehr Stärke ausgestrahlt. Mein Bild von

Männlichkeit entsprach doch ziemlich dem der gesellschaftlichen Matrix: groß, muskulös, stark, gutaussehend, tiefe Stimme, frei von Zweifeln, Gewinnertyp. Davon war ich nun wirklich sehr weit entfernt. Immerhin war mein Bild von Männlichkeit auch noch ein bisschen weiter gefasst: Originalität, Freigeist, ein musischer Sinn und Intellekt spielten eine Rolle. Und so fand ich Wege. War mehr zart als hart. Im Bett kam ich an mein Ziel.

Claude

Claude war eine derjenigen, die ich in meiner Bar aufgabelte. Hübsches, lächelndes Gesicht, bräunliches Haar, schlank. Das beeindruckendste war jedoch ihr Dekolleté. Eine Gletscherspalte zwischen zwei hübsch gepressten jungen, prallen, weichen Verkörperungen des mütterlichen Charmes. Es ist naturgemäß schwer, nicht in den Abgrund zu schauen. Anfangs knutschten wir viel.

Ich besuchte sie in ihrem Auslandssemester in London. Sie zeigte mir die Stadt, und natürlich nicht nur diese. Ich wollte so viel mit ihr vögeln wie es ging in den vier Tagen. Auch wenn sie schon ein wenig weich waren und mit zunehmendem Alter sicher noch weicher werden würden, ich liebte ihre Brüste. Am liebsten liebte ich sie eigentlich in ihrem BH.

Ihre erklärte Lieblingszahl war die 69. Ich weiß nicht, ob ich noch zu unerfahren darin war, aber ich fand, dass wir zu selten eine 69 hatten. Überhaupt war ich anscheinend nicht so der Bringer für sie. Ich kam meistens schnell, wenn wir Sex hatten. Ich stellte fest, dass das nicht nur an mir selbst lag, ob ich schnell kam, oder ob ich lange konnte. Ich bekam die dunkle Ahnung, dass hier ein weitverbreitetes Missverständnis unserer Zeit liegt. Natürlich liegt es auch am Mann, ob er schnell kommt, oder ob er lange kann – oder "muss" … Es liegt aber auch daran, wie Mann und Frau, präziser, Penis und

Vagina, zusammenpassen. Es ist die Form, die Größe und Weite der beiden, die Spannung in der Vagina, die Art der beteiligten Körper, die Organe zu bewegen, und wie dadurch die sensibelsten Stellen im Zusammenspiel angeregt werden. Mit Sonja war es spielerisch ausdauernd gewesen. Mit Claude ging es schnell. Sie musste mich für einen Schlappschwanz halten. Es nagte stark an meinem Ego.

Als sie den Studienort wechselte, war da ein neuer Kommilitone, der sie mir mit Leichtigkeit ausstach. Er war 1,95m groß, muskulös-massig, Halbbrasilianer. Ich fand ihn zwar weder besonders hübsch noch nett, aber er war, gesellschaftlich gesehen, männlich, gewohnt zu bekommen, was er wollte. Das ließ er mich spüren, das ließ er jede*n spüren, das ließ er vor allem Claude spüren. Er bekam sie schnell. Ich bin mir sicher, sein Schwanz war größer als meiner, und wahrscheinlich kam er nicht so schnell mit ihr. Claude's Wechsel von mir zu ihm ging nahtlos über die Bühne. Die maximale Schmach für mich.

Die beiden blieben dann 20 Jahre zusammen, lebten auf diversen Kontinenten, bekamen Kinder. Als sie sich trennten, fragte Claude mich, ob ich mich mit ihr daten wollte. Ich hätte ihr damals ja immer so liebe Briefe geschrieben. Hübsch war sie bestimmt immer noch. Wäre es für mich vielleicht eine späte Genugtuung gewesen? Nein. Eher schien ich selbst ein Notstopfen für sie zu sein. Eine Art Fallback. Liebe Briefe. Tsss, vielen Dank. Ich war eher beleidigt. Trotz meiner Neugier lehnte ich ab.

Kolleginnen

Einmal nach der Mittagspause zog Bella mich raus. "Gehen wir noch einen Kaffee trinken?" – "Klar, immer gerne!" Das Café Mittendrin lag auf unserem Weg zurück zum Büro und wir ergatterten einen herrlichen Platz in der Sonne.

Sie zögerte, druckste, gab sich einen Ruck. "Ich weiß ja, dass Du vergeben bist", fasste sie allen Mut zusammen. "Aber wenn Du es nicht wärst … bestünde eine Chance für uns beide?"

Ich war etwas perplex. Zögerte, druckste, zögerte. Wenn ich ihr "nein" sagte, wäre das vielleicht beleidigend, verletzend. Aber würde es ihr nicht am besten helfen, von mir loszukommen? Ich konnte mich nicht entscheiden. Der kleine Narzist in mir war extrem geschmeichelt von ihren Worten. Und die Antwort wusste ich nicht. "Ich weiß es nicht. Vielleicht ja, vielleicht nein."

Ihre Frage war sehr ehrlich. Aufrichtig drückte sie mir ihre persönliche Bewunderung aus und machte keinen Hehl daraus, wie gerne sie es mit mir versuchen würde. Das imponierte mir sehr. Ich hatte es noch nie erlebt, dass eine Frau so ehrlich und geradeheraus auf mich zukam. Es ist mir bis heute in dieser Form kein zweites Mal widerfahren.

Wir blieben Kollegen und verbrachten die eine und andere Mittagspause, häufig zu dritt oder viert, mal zu zweit.

Eines Novembermittags saßen wir beide im hinteren Eckchen unseres Mittagslokals und sie erzählte. Irgendwas. Es könnte vielleicht der Wetterwechsel gewesen sein, oder der Mond trat vielleicht gerade in einen anderen Aszendenten über. Plötzlich konnte ich keinen Blick von ihren Lippen lassen. Sie war in Schwarz gekleidet und in meinem inneren Bild war sie nun in Wäsche und Strümpfen gezeichnet. Ich riss mich zusammen. Vergeben ist vergeben. Ich war vergeben.

Meine Gedanken behielt ich für mich, es vergingen zwei Jahre, in denen ihre Begeisterung für mich vielleicht nie ganz verglomm, und meine Phantasie immer wieder aufloderte.

"Ich habe gekündigt!" trafen mich eines September-nachmittags ihre Worte. "Ich wollte noch ein kleines Abschiedstreffen machen." Noch nie war ich bei ihr zu Besuch gewesen. Sie dachte an ein Mittagessen im Lokal. Ich dachte an ihr Zuhause. Aber ich hatte nichts dagegen, dass es mit einem Mittagessen begann.

Nervös rutschte ich auf meinem Stuhl hin und her. Ob die anderen irgendetwas merkten? Auf dem Rückweg hielt ich sie zurück: "Gehen wir noch einen Kaffee trinken?" Es gab noch ein paar warme Strahlen und vielleicht war es sogar der gleiche Tisch wie damals. Wieder druckste ich. Aber wem nützt die Liebe in Gedanken. Ich beichtete ihr, dass ich seit diesem einen Mittagessen dann und wann die Helene in ihr sah. Und dass ich mich immer wieder fragte, wie es wohl wäre. Wie es sich anfühlen würde mit uns beiden.

Anfangs nahm sie es kontrolliert und souverän zur Kenntnis. Doch es packte sie. Ich kannte sie gut genug, um den Kitzel aus ihrem Gesicht zu lesen. Ihre Wangen wurden etwas fleckig. Eigentlich war sie schon lange über mich hinweg. Sollte sie sich nun einen Ruck geben und von dem Saft kosten, nach dem sie sich zuvor Jahre verzehrt hatte? Wir verabredeten uns für ein Treffen nach der Arbeit.

Gegensprechanlage. „Komm rein", knisterte es. Die Tür zur Wohnung stand schon offen. Ich vernahm leise Musik.

„Und wie genau hast Du Dir das vorge…?" Sie brauchte es nicht auszusprechen. Ich umrundete sie. Blieb hinter ihr stehen. Zog sie zu mir heran. Ihr fester Hintern in der engen Jeans drückte sich gegen meinen Schritt. Mein Schwanz war schon so hart, dass sie ihn durch beide Hosen spüren musste. Ihr Atem setzte einen Takt lang aus. Meine Hände striffen ihren Körper hinauf, machten auf ihren Brüsten halt. Ihr Kopf drehte sich zu mir, sie atmete wieder, schwer. Ihre Lippen suchten meine, meine suchten ihre. Als hätte es noch eines Nachdrucks bedurft, pressten wir unsere Unterleibe so fest es ging aneinander. Dann konnte es nicht schnell genug gehen.

Jahre des Wartens waren bis hierhin vielleicht okay gewesen, aber nun durfte es keine Sekunde länger sein. Meine Hände schoben ihren BH unter dem Pullover hoch, öffneten ihren Gürtel, ich drängte ihre Jeans runter, sie tat ein gleiches. Ich musste mich zügeln. Sie mochte und wollte mein Drängen und doch forderte ihr Wesen mit natürlicher Autorität Respekt und Zärtlichkeit ein. So standen wir unten ohne schnaufend voreinander. Unsere Zungen flogen ineinander, zu Worten jenseits von lustvoll gepresstem Stöhnen waren wir ohnehin nicht mehr fähig. Mein Schwanz streichelte ihre nasse Muschi. Ich drehte sie um, drückte ihren Oberkörper sanft gegen die Sofa-Lehne. Mein Schwanz streifte an ihren nassen Schamlippen rauf und runter, ließ sie schmatzen, drang kurz ein Stückchen ein, ich zog ihn wieder raus, striff weiter entlang. Jedes Mal wurde ihr Stöhnen lauter. "Ich brauche ein Gummi…", dachte ich noch. Wir trieben es heftig. Jahre voller Anspannung entluden sich, in ihr. Draußen hatte es angefangen zu regnen.

Sie zog weg aus der Stadt. Irgendwann mussten wir uns wiedersehen.

Miss Braucht

Die Kneipenzeit brachte viele schöne Bekanntschaften. Viele Knutschereien, aus manchen wurde mehr als das, andere schmachtete ich an. Viele waren noch deutlich zu jung, als dass ich sie hätte Frauen nennen können. Mit meinen zu der Zeit vielleicht 22 Jahren war ich für manchen Quell der Jugend auch schon deutlich zu alt. Aber gerade diese Unerreichbarkeit machte diese großen Mädchen wiederum attraktiv für mich. Wenn sie 18 waren, fand ich es perfekt.

Manchmal lernte ich auch einfach Leute kennen. So wie Robin und Marta. Um ihr Verhältnis untereinander veranstalteten sie immer ein großes Orakel. Ich meinte herauszulesen, dass sie einmal zusammen gewesen sein mussten. Zumindest bestand irgendwie mehr als das, was sie nach außen kommunizierten, nämlich lediglich eine freundschaftliche und geschäftliche Partnerschaft zu haben. Die beiden kamen oft ins Café, und so wie es meine Arbeit zuließ, unterhielt ich mich mit ihnen. Sie waren irgendwie interessant, redeten viel von ihren Geschäften, Ideen und mancherlei Zeugs, das ich nicht verstand. Das Internet war noch jung, für Pioniergeister war viel zu erobern. Robin hatte BWL studiert, möglicherweise kannten sie sich auch aus der Uni.

Die beiden waren sehr trinkfest, und nach Feierabend zogen wir gerne noch zusammen in die nächste Kneipe oder ein Nacht-Café. Sie waren weder arm noch knauserig, und so flossen eines Abends mehrere Liter in meinen Rachen, die ich nicht bezahlen sollte. In einem Zustand, in dem ich hochprozentig sicher schon nicht mehr Rad gefahren wäre, fragte mich Robin: "Was hältst Du von Marta?"

Marta war gebürtige Spanierin, sprach und lachte viel und laut, war drollig, lustig und herzlich, ganz hübsch, wirkte aber schon etwas verbraucht auf mich jungen Spunt und war gefühlt viel zu alt für mich. Mein Gefühl sagte, dass sie sicher 10 Jahre älter war, und das meinte eine Menge in meinem Alter. "Schon recht alt." antwortete ich recht ehrlich.

"Ach wieso?! Sie ist erst 25." Ich spürte, dass das beschönigt sein musste. Andererseits war ich schon so betrunken, dass ich das nicht mehr klar reflektieren und reklamieren konnte. Wir spielten noch ein paar Runden Dart, die beiden gaben mir noch weitere Drinks aus, und irgendwann war ich so hackevoll, dass ich kaum noch wusste, wo ich war, geschweige denn, wie ich hätte nach Hause kommen sollen. Sie hatten mich vollends abgefüllt. "Wir bringen Dich jetzt zu Marta. Da kannst Du ausschlafen."

So war es. Aufopferungsvoll blieb Marta natürlich gleich mit in ihrer Wohnung, während Robin sich verabschiedete.

Während das Klicken des Türschlosses noch in meinem Kopf nachhallte, nestelte Marta bereits an ihrer Jeans. "Du kannst Dich ausziehen!", forderte sie mich mit ihrem spanischen Akzent auf. Ich war total überrannt. Sie war sehr bestimmt.

"Na los - zieh Dich aus!!"

Plötzlich stand sie so vor mir. In einer seidigen Unterhose. Ihre üppigen Brüste waren unter der weißen Bluse eng in einen BH gequetscht. Etwas Bauch zeichnete sich ab. Sie knöpfte sich ein wenig auf. Ich wollte das nicht. Ihre etwas stämmigen Beine zeigten Cellulite, und das wirkte so mature. Ganz anders als die jungen Schenkel, die ich bislang hatte kennenlernen dürfen. Es machte mir etwas Angst. Angetörnt war ich trotz (oder wegen) der offensiven Aufforderungen jedenfalls nicht.

Offensichtlich schaute ich ziemlich dumm und unentschlossen aus der Wäsche. Und während ich noch intensiv nach den richtigen Worten in den Sprachregionen meines betäubten Frontallappens suchte, knöpfte sie ganz uneigennützig und äußerst entgegenkommend meine Jeans auf, riss sie mir ohne viel Federlesen runter, griff beherzt in den Eingriff meiner Boxershorts, zog meinen Schwanz hervor, gluckste kurz, und fing an, ihn zu blasen. Es machte ihr sichtlich Spaß, und trotz meines Nicht-Wollens, der ganzen Irritation und meines Alkoholpegels schaffte sie es bald, ihn stehen zu lassen. Sie war so freundlich, mir ganz selbstverständlich ein Kondom überzuziehen, worauf sie sich ihres Höschen's entledigte und, teilrasiert und schon sehr feucht, aufstieg.

Man soll nicht auf Klischees herumreiten, aber sie hatte Temperament. Ihre Bewegungen waren energisch und fordernd. Ihre Vagina fühlte sich recht weit an, ich war total betrunken und so bestand trotz ihres forschen Stils keine Gefahr zu kommen. Immerhin, er stand. Und Marta hatte Spaß. Bald beugte sie sich nach hinten, ließ ihren Kopf und ihr schwarzes Haar in den Nacken fallen. Ich fügte mich der Situation, fand mich darin ein. Was blieb mir auch übrig, ich hätte sowieso nicht geschafft, ihr zu entkommen. Meine Hände fingen an, kräftig ihre weichen Brüste zu kneten. Ich riss ihre restlichen Blusenknöpfe auf, schob ihren BH nach oben, und ihre Pracht schleuderte mir raumgreifend entgegen. Das war auch der Moment, in dem ihre intensiven Stöhner langsam aber sicher in Schreie übergingen. Jaja, die Klischees. Aber so laut wie diese Spanierin war definitiv noch keine gewesen. Und würde auch später keine andere sein.

Sie ritt. Lange. Ausdauernd. Schreiend. Ich war der Gaul. Der Teufel war hinter ihr her. Oder mir, je nachdem. Sie juchzte. So laut, dass ich trotz meiner Vernebelung ein wenig an die Nachbarn denken musste. Ich war irgendwo in einer Dachgeschosswohnung gelandet. Mit Hilfe von Robin und Marta hatte ich mich drei oder vier Stockwerke nach oben gehievt, in eine ziemliche Absteige. So eine Art ausgebauter Speicher, wenig Fenster und recht unrenoviert. Oder so ähnlich, was wusste ich schon. Gab es hier eigentlich Nachbarn?

Ich kam nicht zu mir, aber doch in Fahrt. Wir tauschten mal die Positionen. Den Doggy-Style liebte sie ebenfalls. Sie schrie nicht einen Deut leiser. Ich war noch immer sehr schmal gebaut. Vielleicht hatte ich für sie nicht genug Wumms in meinem Becken, denn auch wenn es schon ordentlich an ihren Hintern klatschte, es schien für sie doch nichts über das Reiten zu gehen.

Ich kann nicht beurteilen, wie oft oder wie lange sie kam, oder ob sie überhaupt kam. Die Wellen ihrer Schreie waren jedenfalls beeindruckend und so schrill, dass es mir teilweise in den Ohren klingelte. Es dauerte lange. Wir schwitzten stark. Das war so paradox geil, wie sich in der sommerlichen Mittagshitze über eine spanische Plaza ohne Bäume zu schieben. Eigentlich will man nur in den Schatten, aber so ein kleines bisschen findet man es gut. Es sei denn natürlich, es ist fundamental gegen den eigenen Willen. Aber so schlimm war es bei mir jetzt nicht, eher so eine Art „hach, ich weiß nicht", „egal" oder auch „na gut".

Ich konnte mich am nächsten Morgen nicht einmal sicher erinnern, ob ich letztlich gekommen war, oder ob wir es irgendwann dann einfach gelassen haben. War ich einfach eingeschlafen? Hatte sie überhaupt geschlafen? Als ich aufwachte, fühlte ich mich so halbwegs fit genug, um mir zuzutrauen, den Weg nach Hause zu finden. Ich floh asap.

Ich torkelte ins Freie, fühlte mich missbraucht. Dreckig. Ich war benutzt worden. Als Frischfleisch für ein erwachsenes gieriges Sexmonster. Es gehören immer zwei dazu. Ich hatte mich unter den Tisch saufen lassen und war auch selber Schuld. Sehr wahrscheinlich machen Männer als das häufig sexuell aktivere Geschlecht eine solche Erfahrung seltener. Manche vielleicht auch nie.

Ich war schon vorher so gepolt, dass ich Sex nur in gegenseitigem Einvernehmen schätzte. (Grundsätzlich. Auch wenn meine Wünsche, Karla und Jessica zu vögeln, bei konsequenter Befolgung dieser Maxime nicht zur Realität geworden wären.) Und idealerweise so, dass beide gleich viel Spaß daran hatten. Hier wusste ich jetzt grundsätzlich, was nicht ganz freiwilliger Sex mit einem machte. Dieses kontaminierte Gefühl danach. Obwohl ich ja zeitweise aktiv dabei gewesen war. Eigentlich hatte ich von Anfang an nicht gewollt, ein beklommenes Gefühl dabei gehabt. (Eine Vergewaltigung ist selbstverständlich nochmal ein ganz anderes Kaliber.) Es würde mir helfen, künftig noch konsequenter auf die Belange meiner Bettpartnerinnen Rücksicht zu nehmen.

Marta tauchte danach nie wieder im Café auf. Ich vermutete irgendwann, dass sie an jenem Abend quasi schon auf Abreise gewesen war. Auch Robin tauchte nur noch sporadisch auf. Meinen Fragen nach Marta antwortete er ausweichend. Ich hätte gerne mal mit ihr geredet. Aber obwohl ihre Bude nicht weit entfernt sein konnte, wusste ich nicht einmal mehr, aus welcher Straße, geschweige denn welchem Haus, ich getorkelt war. Ich habe sie nie wieder gesehen.

Später habe ich eine Art innerer Dankbarkeit für Marta, ihre Art und den Abend entwickelt. Zum Einen war es auch toll, eine Frau einmal so dominant und so extrem enthemmt zu erleben, dass es ihr absolut egal war, dass die ganze Straße am nächsten Morgen wusste, um wieviel Uhr sie nach Hause gekommen und zu welchen Uhrzeiten sie gekommen war. Es imponierte mir.

Und eigentlich wünschte ich mir mehr Erfahrungen mit enthemmten Frauen. Marta war vielleicht zu laut, was andere Frauen zu leise waren. Ein Mittelding wäre toll. Oder ein bisschen mehr Marta für alle Sonjas.

Und zum Anderen bin ich für diesen Einblick in die Welt des unfreiwilligen Sexerlebens zunehmend dankbar geworden. Denn natürlich gibt es diesen Grenzbereich. Vielleicht ist das Einverständnis eigentlich situativ nicht da, aus irgendwelchen Gründen kommt das "Nein!" aber nicht wirklich über die Lippen. Zu verstehen, dass nur ein "Ja!" ein "Ja!" bedeutet, aber eben nicht das fehlende "Nein!", und sensibel für ein unausgesprochenes „Nein!" zu sein, ist im Nachhinein betrachtet sehr viel wert. Ich war in die unschöne Situation geraten, die beim intergeschlechtlichen Verkehr normalerweise der Frau vorbehalten ist. Natürlich verstehen viele Männer das Problem auf rationaler Ebene. Es in abgeschwächter Ausprägung selbst erlebt zu haben, empfand ich indes als etwas anderes.

Veronica

Eines späteren Abends tauchten zwei Mädels im Café auf, die ich von früher vom Sehen her kannte. Die beiden waren oft nach der Schule mit der gleichen Straßenbahn wie ich nach Hause gefahren. Unsere Elternhäuser lagen also in die gleiche Richtung.

Mit beiden flirtete ich ein bisschen. Sie waren beide hübsch und sehr schlank. Sprachen nicht viel, und dafür leise. Man merkte, dass sie sich lange kannten und untereinander blind verstanden. Die eine hatte den Schuss Verrücktheit im Blick, die andere einen Schmollmund und herzerweichend süße Kuhaugen. Ich entschied mich für die Verrückte, und baggerte sie etwas an. Das schien sie nicht sonderlich zu interessieren, sie verabschiedete sich bald in Richtung der Nachbarkneipe. So blieb die mit den Kuhaugen zurück. Wenn es meine Kellner-Schicht erlaubte, gesellte ich mich zu ihr, und das Gespräch entwickelte sich. Es stellte sich heraus, dass ihr Freund an diesem Abend im Nachbarort in seinen Geburtstag reinfeierte. Aber er wollte lieber nur mit seinen Kumpels sein. Die beiden waren zwar schon fünf Jahre zusammen, aber ich konnte das alles nicht verstehen. Ich verstand ihn nicht, und ich verstand auch nicht, wieso sie bei mir geblieben war. Sie hatte einen Freund. Sie war nicht von der Sorte, die ihren Freund betrügt. Ich machte mir keine Hoffnungen, wir hatten einfach eine gute Unterhaltung.

Der Abend strich ins Land, die letzte Straßenbahn war schon lange weg. Da wir in die gleiche Richtung mussten, teilten wir uns ein Taxi und die Rückbank. Auf der Fahrt gingen uns die Worte aus. Der Fahrer erlebte eine ruhige Kundschaft. Etwas lag in der Luft – oder bildete ich es mir ein? Sie sah so gut aus, mittlerweile noch mehr heiß als süß. Und nett. Und cool. Und mir wohlgesonnen. Das Taxi bog in mein Dorf ein. Sollte ich …

"Kommst Du noch mit zu mir?" hörte ich mich fragen.

"Ja." hörte sie sich sagen.

Bei mir ging es dann umso schneller. Ich mixte uns noch zwei Cocktails, sie probierte. Zum Austrinken kamen wir nicht mehr, denn dann probierten wir uns. Wortlos. Sie atmete tief, unsere Zungen eng umschlungen. Plötzlich hatten wir es recht eilig, uns gegenseitig aus der Kleidung zu helfen. Wo soeben noch ihre dunkelblaue Jeans und Jeansjacke ihre zarte Figur kaschierten, war nun samtig-weiche Haut. Ihre braunen Löckchen, hochgesteckt, verzierten einen verletzlichen schlanken Hals. Insgesamt wirkte sie zerbrechlich, konnte bei etwa 1,70m Körpergröße kaum mehr als 50kg wiegen. Sie ging ihrem Freund an dessen Geburtstag fremd. So ein Luder. Und doch hegte ich nicht den geringsten Zweifel daran, dass das eine absolute Ausnahmesituation für sie war. Das scheue, eigentlich edle Reh war total verwirrt, spürte ich. Was willst Du auch tun, wenn Dein Freund Dir sagt, dass er seinen Geburtstag nur mit seinen Kumpels feiern möchte, als mit Deiner besten Freundin einen trinken gehen?

Wir schafften es nicht mal mehr aufs Bett oder auf die Couch. Der Fußboden hielt her. Es war ein stürmischer Satz. Die Haut meiner Knie schubberte sich auf meinem blauen Teppichboden mit goldenen Sternchen ab. Im Himmel schwebend konnten wir unsere Münder nicht voneinander lassen, als dürsteten wir ewig nach einander. Ihr Kommen war eher sanft, aber sie zuckte einige Male am ganzen Körper.

Letzteres irritierte und faszinierte mich gleichermaßen. Wir tauschten unseren Kontakt aus. Sie rief ein weiteres Taxi, und fuhr heim. Eigentlich rechnete ich eher nicht damit, dass wir uns wiedersehen würden.

Jedoch trennte sie sich konsequenterweise an seinem Geburtstag von ihrem Freund. Eine Woche später rief sie mich an. Sie kam vorbei. Sie kam. Sie blieb. Drei Jahre. Ich hätte für drei Monate in die Dominikanische Republik reisen können. Ein Bekannter hatte mich eingeladen, ich musste nur den Flug selbst bezahlen. Ich sagte den Flug ab, und das zeigte mir, wie sehr ich inzwischen nach einer Beziehung gedürstet hatte.

Veronica war die erste, die mit mir einen Vibrator ausprobierte. Häufig reichte unser Sex nicht dafür aus, dass sie kam. Ich liebte es, sie in diesen Fällen nachzuversorgen. Der Vibrator und mein Penis waren von einem ähnlichen Format. Zusammen war es für die beiden in ihrer Vagina allerdings verdammt eng. Veronica war auch die erste, die Halterlose und Strapse für mich trug. Wir waren Mitte 20 und probierten allerlei. Ungewöhnliche Orte. Praktiken. Sie hatte eine Vorliebe für Fußböden. Ich liebte ihr Zucken.

Sie war Krankenschwester. Sie erzählte mir von einer guten Kollegin, die ihren Vibrator gerne vorher in den Kühlschrank legte. Für den speziellen Kick. Ich erzählte ihr von meinem Absturz mit Anke. "Oh nein, nur bitte nicht Anke!" bestätigte mir, dass ich damals einen ziemlichen Fehlgriff getätigt hatte.

Im Bett war es eine sehr gute Zeit. Man hätte sich eigentlich nicht mehr wünschen können. Sie liebte mich. Sie ist ein toller Charakter, ganz sicher immer noch. Da waren Oberflächlichkeiten, die mich störten. Täglich die verrauchte Wohnung. Ich konnte mich nicht richtig an sie schmiegen, weil ihre braunen, eigentlich so süßen Löckchen mich ständig in der Nase kitzelten. Mein Vater, zeitlebens eine dominierende Instanz für mich gewesen, starb. Eine Kette, die mich mein ganzes Leben lang fixiert und eingeengt hatte, zersprengte sich von selbst. Ich war total verwirrt, hatte das Gefühl, weitere Ketten sprengen zu müssen und verließ sie wenige Tage später. Am nächsten Tag zog sie aus. Sie erschien noch zur Beisetzung seiner Urne, mit weinerlich staunenden Kulleraugen und ihrem Vater an ihrer Seite.

Sie fand schnell eine neue Wohnung und lud mich ein paar Mal ein. Zum Vögeln. Die feine Lingerie. Man würde meinen, sie hätte auch Halterlose zu diesem Anlass getragen. "Nicht außerhalb der Beziehung!" war allerdings ihre klare Ansage, wohl wissend, dass mich das locken könnte. Vielleicht wollte sie den Sex noch ein paar Mal genießen, vielleicht wollte sie mich zurückgewinnen. Mir zeigen, was ich ohne sie verpasste. Oder einfach nur wissen, ob sie mich zurückbekommen würde. Es ging nicht. Ich war wirklich durch den Wind. Ich fürchte, sie hat sehr viel geweint, aber sie hat ihre Tränen meist erfolgreich vor mir verborgen.

Wieder hatte ich eine herzensgute Person nach etwa drei Jahren verlassen. Wieder wusste ich, dass ich das bereuen würde. Wieder war da irgendwo der Ruf der weiten Welt in mir. Wieso eigentlich. Was fehlte noch immer?

Bitte Lächeln

Gisa lächelte. Immer. Sie konnte gar nicht anders dreinschauen. Aber es war nicht gekünstelt. Ihre Mundwinkel strebten einfach fortwährend der Schwerkraft entgegen. Sie war sonnig. Und extremst intelligent. Es war selten so, dass ich mich jemandem intellektuell wirklich unterlegen fühlte. Aber bei Gisa wusste ich, dass ich ihr nicht und wahrscheinlich niemals das Wasser hätte reichen können. Sie war gebildet, gewitzt, wortreich, hintergründig, charmant und zeigte mir schlicht meine Grenzen auf – wenn auch sicherlich unbeabsichtigt. Wir waren abends nach einem Konzert in der Stadt unterwegs. Was wollte sie von mir, eigentlich und überhaupt? Es verunsicherte mich. Aber sie wollte was, ich merkte es. Und sie lächelte.

Sie lächelte, als wir in der Nachtkneipe knutschten. Sie lächelte, als meine Hand die zarte Haut ihres Nackens streichelte. Sie lächelte, obwohl ich sicher ziemlich nach Alkohol roch. Und auch, als sie mich mit nach Hause nahm, als wir uns ziemlich unverhohlen auszogen, als wir ganz banalen Sex hatten. Und das machte mich wahnsinnig. Wenn jemand immer lächelt, wie weißt Du dann, was ihr oder ihm gefällt? Ich kam nicht gut drauf klar. Aber irgendwann kam ich. Sie lächelte immer noch, aber sie kam nicht. Ich konnte ihre Klaviatur nicht spielen, weil mir das Feedback fehlte. Es tat mir leid, aber ich lächelte.

Mach's Mir Baby!

Die ersten Jahre nach dem Tod meines Vaters waren sehr lebhaft. Da war zum Einen diese gewonnene Freiheit. Ich konnte das Gefühl seinerzeit allerdings nicht in Worte fassen. Und das wäre auch schwer gewesen. Eine Erleichterung in Verbindung mit dem Scheiden des eigenen Vaters zu empfinden, erschien mir als sehr verwerflich. Ich hätte eigentlich auch gar keinen wirklichen Grund gehabt, denn so wahnsinnig streng war er doch nun auch wieder nicht gewesen. Oder? Oder war seine Strenge, seine Rigidität mir gegenüber, einfach nur sehr subtil gewesen? Eine Einordnung dessen konnte ich damals nicht einmal ansatzweise vornehmen, und auch heute fällt mir das schwer. Man kann über Gespräche abgleichen, beobachten, versuchen nachzuempfinden. Aber man kann nur einen Vater erleben, zumindest, wenn das Elternhaus nicht mehr hergibt. Heute weiß ich immerhin, dass die warme Liebe einer väterlichen Figur ihm immer abgegangen ist und dass ich sie vermisst habe. Auch das war wohl ein Grund, der mich seit jeher die Liebe von Frauen suchen ließ.

Meine innere Leere, auch nach der Zeit mit Veronica, reflektierte ich jedoch nicht. Stattdessen gründete ich mit Claas meine erste richtige Studierenden-WG. Dritte im Bunde war Urma, ein Sonnenschein. Zu dritt bekam man einfach wesentlich günstigere Wohnungen beziehungsweise Zimmer.

Ich absolvierte ein Praktikum in der Ferne. Das war eine ziemlich einsame Angelegenheit. Den ganzen Tag programmieren. Die Kollegen waren allesamt ältere Männer. Kein sozialer Anschluss. Ich ließ es in einer Kneipe drauf ankommen. Benda nahm mich mit nach Hause. Zum ersten Mal im Leben platzte mir das Kondom. Ich fürchtete, sie geschwängert zu haben und bat, dass sie die Pille danach nähme. "Du Schisser!" meinte sie nur.

Die Wochenenden fuhr ich immer nach Hause. Aus Freude über die Heimkehr gönnte ich mir im Zug zwei bis drei Tannenzäpfle. Das Zäpfle hat einen besonderen Kick für mich. Belebend, begeisternd, belustigend, euphorisierend. Dann kam ich freitags gegen 20:00 Uhr zuhause an und ging mit Claas und Freunden tanzen. Diese Abende waren sehr beglückend, weil sehr kontrastreich zu den trockenen Wochen.

Je später die Stunde, desto mehr Männer sind bekanntlich anteilig auf der Tanzfläche. Dieses Gesetz galt bislang noch überall. Auch in unserer Alternative Disco. Da war gerade noch eine sexy tanzende Frau übrig geblieben. Sie schien allein. Ich fragte, ob ich ihr ein Bier mitbringen dürfte und überraschenderweise willigte sie ein. Ein paar lapidare Sätze später hatte ich den Jackpot der Tanzfläche gewonnen. Eine flotte Zunge, ein flotter Entschluss, zu mir nach Hause zu gehen, das nur einige hundert Meter war. Geschwind aus der Kleidung, bloß keine Umstände. Ihr Körper war phänomenal. Ein orales Vorspielchen, dann einmal quer durch die klassischen Stellungen.

"Mach's mir, Baby!" forderte sie mit ihrer Mickey Mouse-Stimme. Okay, das war etwas hart. Ich war kurz davor abzubrechen. So etwas hatte ich noch nie gehört. Ich hatte gedacht, sowas gäbe es nur in billigen Pornos. Vielleicht hatte sie ein paar zu viele davon gesehen?! Oder ihr Ex hatte auf diesen Crap-Talk gestanden. (Der hatte sich nämlich wohl erst jüngst von ihr getrennt.)

Wie auch immer. Ich machte es ihr nicht. Zu meinem Bedauern. So sehr ich mich auch bemühte. Sie fand es schon nett, aber sie kam einfach nicht. Ich glaube, ich war für sie nur Blümchensex. Mein Gefühl sagte mir, dass sie eigentlich eine viel härtere Gangart bevorzugte. Und diese vielleicht auch brauchte, um zu kommen. Vielleicht brauchte sie einen harten Rammler. Dafür war ich viel zu sensibel. Sie blieb die Nacht, wir tauschten den Kontakt und fassten lose ins Auge, dass wir uns ja vielleicht auch mal wiedersehen könnten, rein zum Spaß. Ich rechnete nicht wirklich damit.

Es dauerte genau eine Woche. Gleicher Ort, gleiches Spiel, nur abgekürzt. Wir hatten uns nicht verabredet, waren beide unabhängig voneinander wieder dort. Das Knutschen auf der Tanzfläche begann sehr früh. Wir blieben eine Weile, tranken, tanzten, tranken, tanzten, freuten uns des Lebens (dank der drei Zäpfle hatte ich Vorsprung), gingen zu mir nach Hause, vögelten, wieder ein "Mach's mir, Baby!". Crissy kam wieder nicht.

Das Ganze wiederholte sich noch zwei Male, immer mit der losen Option des eventuellen Wiedersehens, bis wir uns des Freitagabends in einer Kneipe trafen. Jemand feierte Geburtstag. Sie wollte früh nach Hause, vögeln. ("Warum eigentlich, wenn sie doch eh nie mit mir kam?" fragte mich der unsichtbare Typ hinter mir.) Ich wollte trinken, feiern mit den Freunden, die ich unter der Woche wieder nicht hatte sehen können.

"Was ist das jetzt eigentlich mit uns beiden?" forderte sie eine klare Positionierung von mir.

"Wie meinst Du das? Wir haben doch immer gesagt, dass wir eine reine Bettbeziehung haben!?!"

Bam! Ihre saftige Ohrfeige saß klatschend im zentralsten Scheinwerfer der Kneipe. Ja, hallo, habt ihr es auch alle gut sehen können? Sollten wir das vielleicht in Zeitlupe wiederholen? Ein „Du Schwein!!" mit feuchtem Blitzen in ihren Augen, Absatz kehrt, stampfte sie schnaubend aus der Kneipe. Filmreif. Es hatte wirklich nicht weh getan – Zäpfle ward Dank. Ich musste in mich hineinlächeln, war dankbar für das Kompliment des ernsthafteren Interesses von dieser Frau mit ihrem Wahnsinnskörper. Aber sie tat mir leid. Ich hatte nicht wirklich realisiert, dass sie mehr wollte. Auch nicht wirklich damit gerechnet, weil ich gar nicht fand, dass wir gut zusammen passten. Wir hatten doch bloß Sex, und der befriedigte sie nicht einmal. Sie hatte die Wahrheit nicht offenbart und ich hatte sie verletzt.

Rock'n'Roll

Freitag Abend. Oder Mittwoch vielleicht eher. Mit einer größeren Gruppe besuchen wir eine Cocktailbar. Ein paar von uns kennen den Mixer. Die Bar schließt, der Mixer schließt sich uns noch an. Er findet mich süß. Hmm, okay, es ist mir egal. Wir gehen in eine andere Bar. Er fragt mich, ob ich noch etwas trinken möchte. Einen Mai Tai, bitte. Er redet mit dem Barmixer der hiesigen Bar, die beiden scheinen sich zu kennen. Ich bekomme den fettesten, kräftigsten und geilsten Mai Tai aller Zeiten. War ich vorher schon dicht, muss ich mich bald aktiv mit beiden Händen an der Bar festhalten, um nach der Hälfte des Drinks nicht aus den Latschen zu kippen. Aber der Becher ist zu gut. Ich ringe ihn nieder, kein Tropfen verkommt. Aus unserer Gruppe sind mittlerweile fast alle gegangen, nur Sarita ist als mein Schutzengel geblieben. Vermutlich um 05:15 verlassen wir die Bar. Ich schaffe ein paar Meter auf zwei Beinen. Muss aber zwischendurch auf allen Vieren an einem Club vorbei krabbeln. Es sieht sicher lächerlich aus. Ich bin weit davon entfernt, dass mich das stören könnte, was andere von mir halten. Ohne Sarita wäre ich verloren gewesen. Sie wohnt nah. Irgendwie schaffe ich es dort hin. Sie schließt auf. Noch von der Wohnungstür erblicke ich erleichtert das Bett. Ich reiße mir umgehend und wortlos sämtliche Klamotten vom Leib, falle splitternackt aufs Bett und schlafe ein.

Pieks. Pieks. Aua. Eine Katze läuft über meinen Bauch. Ich erschrecke und schüttele mich, sie geht stiften. Wo bin ich?

Ach ja! Warum bin ich nackt? Weiß der Henker! Wo ist Sarita? Ach ja, sie musste um 08:00 arbeiten, Call Center. Harter Hund, diese Sarita. Hmmm, hmmm. Ich bin wirklich ganz nackt. Warum? Ist da noch etwas gelaufen? Ich kann es mir nicht vorstellen. In dem Zustand habe / hätte ich bestimmt keinen mehr hochbekommen. Okay. Wohl kein Fick. Schlimm? Mitnichten! Zu versoffen, um an Sex zu denken. Das schaffen nur die ganz Großen. Es belustigt mich. Auch fühle ich mich hart und rockig. Ich habe eine nicht unerhebliche Menge Alkohol verdrückt. Vielleicht den größten Suff meines Lebens. Auf jeden Fall habe ich noch nie so meine Kontrolle abgegeben. Der Barmann, die Leute vor dem Roxy, Sarita... alle hätten mich ficken können, oder was weiß ich. Aber Sarita hat auf mich aufgepasst. Und ihre Katze natürlich. Dankbarkeit und Glückseligkeit machen sich trotz Brummschädel breit.

In die Senkrechte, mit Betonung auf langsam. Die Bude ist L-förmig geschnitten und der hintere Teil ist ein halbes Stockwerk höher. Kaum Licht von außen. Aber geil. Originell. Abgerockt. Mindestens so wie ich. Ich habe es noch nie geschafft, bei einer lediglich bekannten Schulfreundin so bedingungslos und vertrauensvoll aufgenommen zu werden. Und dazu noch bei einer so tollen und hübschen Rockerin. Ich bin froh, zu besoffen gewesen zu sein, um auf Sexgedanken zu kommen. Sonst hätte ich ihre Fürsorglichkeit auszunutzen versucht. Ah ja, hier ist das Katzenklo. Stinkt ein bisschen. Der Futternapf sieht auch pflegebedürftig aus.

Ich klemme mir drei Becher Wasser rein. Es hilft. Dann langsam in die Klamotten schälen. Langsam, sonst muss ich brechen. Es gibt eigentlich nur eine Tür, die nicht zum Bad führt. Da also raus. Dunkles Treppenhaus. Altbau. Coole Bude. Auf die Straße. Die Sonne brennt. Was? 14:30Uhr? Wo bin ich? Ach ja, Mozartstraße. Grinsend Richtung Bahn, ich finde sogar den richtigen Bahnsteig. Ich habe wirklich gerockt. Warum nur, warum, hat es mich eigentlich gar nicht gestört, dass ich es nicht wenigstens mit ihr probieren konnte? Wieso ist mir der Abend, so wie er gelaufen ist, auf eine gewisse Weise sogar lieber? Wie kann ich eine Nacht ohne Sex als die durchgerockteste meines Lebens bezeichnen? Ich verbleibe irritiert.

Unisex

An der Uni gab ich inzwischen auch ein paar Kurse. Das Institut hatte wenig Personal, und wenn man zu den Guten gehörte, konnte man unterrichten, obwohl man selbst nicht viel weiter war als diejenigen, die die Kurse besuchten. Eine meiner Studentinnen war Elise. Hellblond, recht aufgedreht, mit einer Liebe für Schweden und Helge Schneider. Sie grub mich durchaus an, lud mich zu einer Party einer Kommilitonin ein, machte mich klar. Wir trafen uns auf ein paar ausdauernde Stell-Dich-Eins wieder. Elise hatte perfekte Brüste, und sie genoss den Sex. Sie war definitiv vom Typ Feuer, leichtfüßig, verspielt, natürlich, lustvoll, durchaus ein bisschen sexgeil. Gemeinhin eine Traumfrau. Ein besonderer Zug an ihr war, dass sie von sich aus gerne blies, falls Sex bei ihr mal nicht auf ihrem Zettel stand.

Ihre beste Freundin Katja war verreist, und Elise hatte Katjas Bude für unser nächstes Wiedersehen klargemacht. Es war Sommer, die Balkontür zum weiten Hinterhof halb geöffnet, der dünne Vorhang nur ein Viertel vorgezogen. Von Katjas Bett konnte Elise hinauf zu etlichen Balkontüren sehen, von wo aus wir sicher ebenfalls zu sehen waren. Es war heiß. An Kleidung war nicht zu denken. Der Schweiß lief uns runter. Wir fragten uns, ob wir dabei beobachtet würden. Man kann sagen wir wünschten es. Es törnte uns an. Es fehlte immer ein wenig zu ihrem Abschluss, während ich über den Tag verteilt etliche Male kommen durfte.

Elise war ernsthaft interessiert, und ich hätte mir das wunderbar vorstellen können. Nur irgendwie war sie mir zu unentspannt. Ein wenig zu hibbelig. Konnte kaum fünf Minuten schweigen. Hier und da ein kleines Witzchen … zu viel. Schade um den herrlichen Sex, da wäre sicher noch einiges Schönes draus entstanden. Es kam später noch zu ein, zwei Übernachtungen. Einige Jahre später würden wir uns immer noch texten und gegenseitig gestehen, wie geil wir es damals fanden.

Die WG

Claas hatte nach langer Zeit mal wieder eine Freundin. Und was für eine. Juliana war eine Kommilitonin von ihm, und ein extremer Schuss. Sie kannte ihn seit dem ersten Semester und war vielleicht die erste, die richtig sah, was für ein attraktiver und feiner Kerl er geworden war. War er früher noch ein etwas verstockter und schüchterner Schüler gewesen, hatten die Jahre des Studiums das Selbstbewusstsein in ihm wachsen lassen. Er spürte, dass er sehr gut war in dem, was er tat. Er studierte Medizin und alle seine Kommiliton*innen würden sagen, dass er der Arzt ihres Vertrauens wäre, wenn sie einen unter sich auswählen müssten. Ich spürte und wusste, was sie meinten. Die Entfernung von seinem Elternhaus schien ihm sichtlich gut zu tun, darin waren wir uns ähnlich. Mit der gewonnenen Lockerheit bekam er Ausstrahlung. Mit seiner Größe, Athletik und Schwimmerfigur hatte er sowieso schon immer ein gutes Fundament für äußerliche Attraktivität gehabt. Und an Julianas Seite ging seine Blüte erst richtig auf.

Juliana und ich tauschten einmal um 5:00 morgens auf unserer WG-Party vollständig die Klamotten. Sie meine Jeans und mein Hemd, ich ihr Kleid. Drunter hatten wir beide nichts mehr. Für einen Moment waren wir also beide splitternackt in meinem Zimmer, während alle anderen nebenan bei Claas waren. Trotz des ganzen Alkohols war da nicht ein einziger Moment des Begehrens zwischen uns beiden. Es war klar, dass sie mit Claas perfekt war, und das respektierte ich sehr und freute mich für die beiden. Sie spürte meine Haltung instinktiv, konnte sich sicher sein. Unsere Nacktheit war spontan, natürlich und hatte etwas sehr Vertrauensvolles. Claas und Juliana würden heiraten und Kinder bekommen, und das war irgendwie schon damals klar.

Urma trennte sich von ihrem langjährigen Freund. Die beiden hatten zwar ein sehr liebevolles und immer noch fürsorgliches Verhältnis, aber im Bett lief wohl schon sehr lange nichts mehr. Es war nicht das letzte Mal, dass ich beobachtete, dass Beziehungen ohne Sex nicht ewig weiterliefen, auch wenn sie ansonsten noch so toll waren.

In der Folge verbrachten Urma und ich viel Zeit in der WG miteinander. Claas war raus, viel mit und bei Juliana unterwegs. Ich fühlte mich etwas einsam zu der Zeit, Urma war durchaus traurig ob der zerflossenen Beziehung. Wir bauten Vertrauen auf, wurden eng miteinander.

Urma

Attraktiv hatte ich sie sowieso schon immer gefunden. Schon als wir uns kennenlernten, um eine WG zu suchen. Aber okay, sie hatte ja einen Freund gehabt, und sowieso war sie zu attraktiv für mich, und mit Mitbewohner*innen fing man ja schon gar nichts an.

Eine Kollegin von mir feierte Geburtstag in einer Zehn-Leute-WG mit zweihundert Gästen, hatte mich eingeladen. Ich nahm Urma mit. Das war auch gut so, denn ich kannte quasi niemanden dort. Wir tranken zwei Bier, aber eigentlich zündete die Party weder bei ihr noch bei mir. Zu fremd, zu groß, zu anonym, kein vertrautes Nest.

"Ich gehe schonmal nach Hause, Karlheinz." – "Ist gut, Ulla. Wärmst Du schonmal das Bett an, ne?"

Was als situativer Gag ob der großelterlichen Spitznamen, die wir zwischenzeitlich füreinander gefunden hatten, gemeint war, erwies sich als folgenschwer. Urma lachte, und da lag ein charmanter Moment der Irritation, das Was-Wäre-Wenn, zwischen uns.

"Klar, Karlheinz, das mach ich."

Schluck. Das hatte sie wirklich gesagt. Das hätte sie nicht sagen sollen. Ich spürte ihre Verlegenheit, und dass sie nicht Nein sagen würde.

"Okay Ulla, ich komme dann gleich nach."

Karlheinz tat so als nähme er das alles cool und blieb also noch etwas auf der Party. Sehr lange hielt er es allerdings nicht mehr aus, der Karlheinz. Zu verlockend war die Vorstellung, sich zu dieser attraktiven, augenblicklich vielleicht von allen am nahestehendsten, Person ins Bett zu legen. Ich kannte den Geruch ihres Zimmers, auch den ihres Federbetts. Eigentlich bestand der Rest meiner Partyzeit nur noch darin, mich zu fragen, ob ich es wirklich machen sollte, auf die Uhr zu schauen, ob ich schon lange genug gewartet hätte, durch die Gegend zu streunern und nicht zu viel Bier zu trinken, damit ich nicht zu betrunken und stinkend daherkam. Nach einer sehr zähen Dreiviertelstunde, in der ich mich die ganze Zeit an derselben Flasche Bier festgehalten hatte, fuhr ich endlich los.

Leise schloss ich die WG auf, ihre Zimmertür war geschlossen. Ich wusch meine Hände, legte Jacke und Schlüssel in meinem Zimmer ab, ging zu ihrer Tür, drückte vorsichtig die Klinke, schlich mich rein.

"Karlheinz, da bist Du ja!" Ja, da war er. "Machen wir das wirklich?" fragte sie lachend. "Selbstverständlich, Ulla."

Karlheinz ließ seine Hose fallen und schälte sich in T-Shirt und Boxershorts in ihr Bett. Es war immerhin so dunkel im Zimmer, dass sie meine schon leicht ausgeprägte Latte in der Shorts nicht erkennen konnte.

Nun lagen wir da, einander zugewandt, in leichtem Abstand, halb als nicht-blutsverwandte Geschwister, Freunde. Vertraut. Fremd. Gespannt. Einsam und unterversorgt. Mir wurde klar, dass mir diese Sache viel bedeutete. Meine Hand näherte sich ihrem Körper, ich legte sie auf ihre Seite. Die Distanz überwanden wir behutsam, mit viel Respekt und Zärtlichkeit. Die Spannung wuchs immens. Meine leichten Berührungen ließen sie tief atmen. Sie war ausgehungert, sehnte sich nicht minder nach liebevoller Körperlichkeit als ich. Unsere Hände fanden Gefallen am Anderen, unsere teils nackten Beine berührten sich leicht, und dann war die Anziehungskraft zwischen den Lippen unaushaltbar geworden. Zuallererst stürmisch, dann entdeckerisch tasteten sich unsere Lippen ab. Unsere Lenden drückten sich gegeneinander, der Atem war tief und schnaufend. Wir hätten es sofort ungestört tun können, Claas war bei Juliana. Die vormalige innere Distanz konnte trotz der Stürme aber nicht so schnell überbrückt werden. Zu krass und rapide wäre der Wandel von einer respektvollen WG-Freundschaft hin zu einer intimen Beziehung gewesen. Die Shorts blieben an und irgendwann schliefen wir für ein paar Stündchen ein.

Urma war duftende Luft. Leicht. Betörend. Sie war die Sauerstoffzufuhr für meine Leidenschaft. Aber sie war nie zu greifen.

Die nächsten Tage waren von Irritation geprägt. Es war klar, dass wir es nicht schaffen würden, das nicht zu wiederholen. Vor allem ich nicht. Am übernächsten Abend lagen wir wiederum in ihrem Bett. Unsere Lippen spielten den ersten Satz von Beethoven's Mondscheinsonate. Zart, mit feinen, ausgewählten Berührungen und gleichsam einer unaushaltbaren Schwere. Wiederum drückten wir unsere Lenden fest gegeneinander, die Beine nun ineinander verschränkt. Unsere Becken begannen, einen Rhythmus zu formen. Ihr Gesicht war durch und durch errötet, die Augen schwebend geschlossen, der Welt entrückt. Das ging vielleicht eine ganze Weile so, vielleicht war es auch nur ein Moment. Schließlich zogen wir uns gleichzeitig gegenseitig die Unterhosen aus, rissen uns selbst die Shirts über den Kopf und ich drang in einer Mischung aus Sturm und Behutsamkeit in sie ein. Sie war nass. Spielten unsere Becken anfangs noch ein behutsames Frage-Antwort-Spiel, wurde daraus schon bald ein leidenschaftlicher Tango, und schließlich ein ziemliches hemmungsloses Finale. Das heißt, zuerst missionierte ich sie, dann ritt sie, und den beidseitig krönenden Abschluss bekamen wir, indem ich sie aus der Reiterstellung hochnahm, mich aufstellte, ihren heißen Hintern griff und sie quasi schwebend ihre Füße hinter mir verschränkte. Es kostete mich Kraft, sie so in Gänze an mir rauf und runter zu bewegen. (Kurze Zeit später sagte sie mir, dass diese Stellung für sie perfekt sei, weil meine Haut und mein gestutztes Schamhaar ihre Klitoris so optimal stimulierten.) Erschöpft, mit pochenden Herzen, ließen wir uns auf ihr Bett fallen.

Wir hatten von Ambrosia genascht. Das Liebesspiel sollte sich in der nächsten Zeit einige Male wiederholen, und meistens in genau dieser Abfolge: Missionar, Reiter, stehend.

Es funktionierte einfach gigantisch. Eine Weile behielten wir es für uns, aber schon bald konnten wir es vor Claas nicht verheimlichen. Einmal kam er nach Hause, nachdem wir uns im Flur entkleidet hatten und dort noch unsere Unterhosen lagen. Ab da war alles klar. Es war sicherlich ein lustiger WG-Moment. Urma äußerte bald, dass es für sie der befriedigendste Sex ihres Lebens war. Ein Umstand, der mir hochgradigst schmeichelte und mich vollends überzeugte, dass sie sich früher oder später tief für mich begeistern würde müssen.

Ich sollte mich irren. Das Problem bestand mindestens in der dahinterliegenden unterschiedlichen emotionalen Lage. Innerhalb sehr kurzer Zeit war meine grundsätzliche Begeisterung für sie auf dem fruchtbaren Boden der inneren Leere und Einsamkeit in eine lichterloh brennende Begeisterung für ihren weiblichen Charme aufgegangen. Ihrerseits war da aber noch der Schatten einer langjährigen Beziehung, nicht genug Raum für Neues, und letztlich fand sie mich vielleicht auch nicht so mega heiß wie ich sie.

So ging dieses Spiel einige Zeit, bis die Begeisterung für den wiederkehrenden Sex und unser gegenseitiges Begehren meinerseits in den Wunsch nach einer festen Beziehung mit einem bedingungslosen "Ja" übergegangen war. Diesen Wunsch erfüllte sie mir nicht. Mein stetes Feuer verbrauchte ihren Sauerstoff. Sie fing an, sich mir zu entziehen. Ich hielt es nicht mehr aus, musste raus aus der WG. Unterschlupf fand ich für eine Woche in Tommys Zimmer, der just kurz verreiste. Das gab Urma zu denken, nun vermisste sie mich doch. Schließlich ließ sie sich auf ein eher zaghaftes "Ja" ein, und ich konnte nicht anders als der gierige Hund, dem man ein kleines Stück Wurst hinhielt.

Aber das Gefälle zwischen unseren emotionalen Lagen blieb. Wir blieben ein Jahr zusammen. Ein Jahr, in dem ich ihrem Charme vollkommen erlegen war, und von dem Gedanken nicht weg kam, dass sie doch früher oder später anhand unseres tollen Sex' einsehen müsse, dass wir füreinander geschaffen seien. Ein Jahr, in dem ich auch oft eifersüchtig war, weil ich meinte wahrzunehmen, dass sie andere Typen oft viel heißer fand als mich. So nahm unser Sex für mich beinahe krankhafte Züge an. Er wurde zum Rettungsanker meiner Hoffnung, jemals ans Ufer zu gelangen. Er war der einzige Moment, der mir kurzfristig das Gefühl gab, ihr zu genügen. Der einzige Moment, in dem ich übrhaupt verstand, warum sie sich auf mich eingelassen hatte. Bis sich das Ganze in keinster Weise mehr gesund anfühlte, wir uns trennten und sie kurz darauf zu einem Trip nach Neuseeland aufbrach, während ich zuhause ertrank.

Das Ende dieses vormals so leuchtend-lodernden Zusammenspiels traf mich tief. Meine Sucht war in Abhängigkeit übergegangen. Je weniger ich sie haben konnte, desto mehr wollte ich sie. Zu spüren, dass ich ihr eigentlich nicht genügte, nährte meine Minderwertigkeitsgefühle. Für sie eine so herausragende Stellung in der Disziplin zu haben, die mir selbst so wichtig war, kaschierte das Defizit immer wieder. … kurz zumindest. Am liebsten hätte ich damals unseren Sex

85

auf Video aufgenommen, um ihn nicht ganz missen zu müssen, während sie in Neuseeland reisen würde. Und obwohl ich wusste, dass alles das irgendwo krankhaft war, konnte ich innerlich nicht davon loslassen.

Wenn ich zu der Zeit Fotos von meiner Mutter sah, auf denen sie so alt gewesen war wie Urma jetzt war, sah ich plötzlich eine frappierende Ähnlichkeit zwischen den beiden darin. Dabei konnte ich mich sehr sicher erinnern, dass ich diese Ähnlichkeit zuvor nicht so gesehen hatte. Ich merkte, dass meine Wahrnehmung sich deutlich verändert hatte. Objektiv betrachtet sahen sich die beiden in etwa so ähnlich wie eben zwei gut aussehende dunkelhaarige Frauen im gleichen Alter. Ich begann mich zu fragen, was eigentlich los war in meinem Kopf. Wie konnte dieser Mensch mir so wichtig geworden sein? Und wieso sah ich eine solche Ähnlichkeit zu meiner Mutter? Ich begann zu verstehen, dass Ödipus deutlich mehr sein konnte als nur eine Sage. Zum ersten Mal seit den Mini-Beziehungen der Schulzeit war ich richtig verletzt und schließlich verlassen worden, und nun begann alles zu schwanken.

Dürre

Der frühe Tod meines Vaters drei Jahre zuvor hatte mir mein emotionales Elternhaus entrissen. Da war noch meine mich liebende Mutter. Ich spürte untrüglich, dass sie im Vermissen ihres Ehemanns seine Züge in mir suchte und sah. Sicherlich war das weder bewusst noch absichtlich. Aber natürlich konnte ich mich in diese Rolle keineswegs fügen. Und so kam es, dass ich nicht nur meinen Vater verloren hatte, sondern auch zu meiner Mutter eine Distanz zu pflegen beginnen musste, derer es vorher nicht bedurft hatte. Menschen, deren Eltern noch leben, können diesen Zustand vielleicht nicht immer nachempfinden. Wenn die Eltern erst spät sterben, und man selbst schon etwas älter ist und möglicherweise eine langjährige Beziehung und Kinder hat, dann wird das Scheiden der Eltern eher nicht diese Leere hervorrufen, die es bei mir erzeugte.

Ich erlitt eine Dissonanz in der eigenen Seele, gemeinhin als Depression bezeichnet. Ich hatte nicht bemerkt, was der Tod meines Vaters im Laufe der zwei Jahre in mir bewirkt hatte. Ich hatte mir keine Zeit gegeben zu trauern. Ich war weiter nach vorne gerannt, anstatt auch mal innezuhalten. Reflexion auf der Ebene des eigenen Seelenlebens war mir bis dahin eigentlich fremd gewesen. Wozu auch? Bis dorthin hatte sich immer alles von selbst gefügt. Ich hatte schlicht keinen Grund für Seelentheater gehabt.

Das sollte sich nun ändern. Während Urmas Neuseeland-Trip für mich in Zeitlupe verging, waren meine depressiven Empfindungen bald schon zu physiologischen Missempfindungen erwachsen. Ich fühlte mich physisch krank, war überzeugt davon, Borreliose zu haben. In einem kleinen, frühjahrsstürmischen Moment ging ich von der Arbeit durch den Park nach Hause. Es war niemand sonst im Park, außer einem dünnen Lichtstrahl, der durch die Wolken fiel, und irgendwie fand ich für den Bruchteil einer Sekunde Zugang zu meinem Inneren. Dort klingelte ein leises Glöckchen, das mir sagte, dass das ganze Körperliche vielleicht doch psychisch verursacht worden war. Heute bin ich für diesen einen Sonnenstrahl sehr dankbar. Er hat mich zurück ins Leben geführt.

Ich suchte sehr bald einen Psychiater auf, nahm für ein paar Wochen eine Minimaldosis eines Psychopharmakons und begann eine Gesprächstherapie. Meine physischen Missempfindungen waren bald verflogen und ich fühlte mich ebenso schnell emotional wieder etwas besser, weswegen ich das Medikament wieder absetzte. Ich hatte Sorge, ob ich durch das Absetzen wieder in meinen vorherigen Zustand zurückfallen würde, aber es ging alles gut und reibungslos. Die Gesprächstherapien habe ich noch eine gute Zeit weitergeführt und erst beendet, als ich meinen Lebensmittelpunkt in eine andere Stadt verlegt habe. Gegenüber meinem Psychologen empfinde ich bis heute eine tiefe Dankbarkeit für die guten Gespräche und die Hilfe bei meinem Weg zurück.

Sicherlich strahlte ich in dieser Lebensphase nicht gerade Sexyness aus. Und so blieben die Damenbekanntschaften eine ganze Weile aus. Immerhin erkannte ich, dass meine alte Begeisterung für eine sehr hübsche Kommilitonin wieder aufflammte. Gesa war vielleicht für einen kurzen Moment an mir interessiert gewesen, gerade als ich mit Urma anbandelte. Das war schlechtes Timing, denn da war ich gerade schon zu nah mit Urma, so dass meine Gefühle für Gesa keine Chance hatten, obwohl sie bahnbrechend aussah, intelligent, witzig und charmant war. Sie hätte jeden haben können. Nun hatte ich meine frühere Ausstrahlung auf Gesa eingebüßt. Sie hatte mitbekommen, was mit mir los war. Aber es schien mir schon ein Erfolg zu sein, dass eine andere Frau mich überhaupt wieder interessieren konnte. Sicherlich wäre ich aber auch zu wackelig auf den Beinen gewesen, um stark genug in eine neue Beziehung gehen zu können. Zumal mit einer so hübschen Frau, der alle Männer den Hof gemacht und meine Eifersucht erweckt hätten. Das wusste ich sehr genau, und insofern fiel es mir relativ leicht, die Dinge zu akzeptieren, wie sie waren. Ich fügte mich in die Situation und durchschritt ein dürres, sandiges Tal.

Saat

Nach einem unserer Konzerte lernten wir Ayse kennen. Sie machte keinen Hehl daraus, an uns, speziell an mir, interessiert zu sein. Sie lud uns ein, mit auf eine WG-Party in der Nähe zu kommen. Sie passte noch in unseren Bandbus. Ayse war nett, hatte anscheinend schwarzes, halblanges, glattes Haar, war weder heiß noch hässlich und hatte Kurven.

In der WG angekommen, ließ sie es sich nicht nehmen, ihrer ungeahnt ungewöhnlichen Persönlichkeit baldigst Ausdruck zu verleihen: "Ich will mit Dir vögeln!" rief sie lauthals durch die Küche. Ich brachte nicht viel hervor, war perplex.

"Ich will mit Dir vögeln, und die Anderen dürfen alle dabei zukucken!!" Sie meinte ausdrücklich die anderen Bandmitglieder. Vielleicht sogar die ganze Party.

Der Wahnsinn stach aus ihren Augen. Ihre Worte waren sehr laut, ihre Stimme hart, fast kreischend. Ihr Mund war verzerrt, zitterte leicht. Sie meinte das ernst. Sie lechzte danach, von mir gefickt zu werden. Ob es ihr egal war, dass die anderen dabei zusahen, oder ob sie gerade das wollte, erschloss sich uns allerdings nicht.

"Los, mach doch!" ... "Ist doch geil!" raunten mir die anderen zu. Selbstverständlich wäre das eine Gaudi für sie gewesen.

Ich brachte wenig hervor. Ein vielfaches Abwägen schoss durch meinen Kopf. Würde ich mich das trauen? Fand ich Ayse überhaupt attraktiv genug? Sie war jetzt schon so anhänglich - würde ich sie jemals wieder loswerden? Ich wollte nicht mit Handys gefilmt oder fotografiert werden. Und wollte sie es nur hart, oder auch zart?

"Los, fick mich, hier und jetzt!!" kreischte sie.

Irritierend war auch, dass dem niemand außerhalb unserer Band besondere Aufmerksamkeit zu schenken schien. War sie hier in der Stadt schon für solche Anwandlungen bekannt? Oder bekam es nur keiner mit? Nein, eigentlich war sie nicht zu überhören.

Ich traute mich letztlich nicht. Leider weiß ich bis heute nicht, was dann passiert wäre. Es blieb eine kleine Ego-Politur. Ein Teil von mir wollte gerne glauben, dass ich eine so unglaubliche Ausstrahlung hätte, dass ausgerechnet mir so etwas passierte. Der andere Teil wusste, dass es an Ayse's ungewöhnlicher Persönlichkeit liegen musste. Sie wirkte etwas verrückt. Oder war sie einfach nur frei von Zwängen? Nein, dafür wirkte das Ganze zu manisch.

Wer weiß auch, was sie in mir gesehen hatte. Vielleicht hatte sie genau gespürt, dass ich eigentlich noch sehr labil war. Und dann stellte sich wiederum die Frage, warum jemand so Extrovertiertes einen so labilen Menschen so offensiv herausfordert. An dieser Stelle war sie mir sogar etwas unheimlich. Ich hätte mich das Ganze in meiner wackeligen psychischen Verfassung jedenfalls nicht getraut. Ich wünschte mir trotzdem, dass es etwas mehr Ayse-Persönlichkeit unter Frauen gäbe. So wie mit Marta. Das Wichtigste für mich war erstmal, zweifelsfrei zu spüren, dass es da wieder jemanden gab, der gerne Sex mit mir gehabt hätte.

Ernte

Ich lernte neu laufen. Ich lernte, geduldig zu sein und ein bisschen, was Demut mit Leben zu tun hat. Und irgendwann, als ich akzeptierte und wieder inneren Frieden fand, begann ich auch wieder zu wachsen. Mit der wiedergewonnenen Energie stellte sich auch meine Ausstrahlung langsam wieder ein. Und auch wenn es sich weder planen noch forcieren lässt, irgendwann kamen auch wieder Bekanntschaften daher.

Ich war zwischenzeitlich umgezogen. Der neue Anstrich außen half mir bei der inneren Renovierung. Nach einer WG-Party blieb Ola zum Übernachten bei mir. Ola definierte sich mehr lesbisch als bi, insofern bestand keine Gefahr eines Intermezzos. Wir hatten nur beide den Wunsch nach etwas körperlicher Nähe und Wärme, und der Gedanke, zusammen zu übernachten, tat niemandem weh. Friedlich, Arm in Arm, schliefen wir ein.

Kopulierend wachten wir wieder auf. Noch im Schlaf hatten wir angefangen, uns rhythmisch aneinander zu pressen. Ola hatte als Jugendliche auch mal einen Freund gehabt. Ich war schon eher der Motor in dieser Situation, aber sie war zu keinem Zeitpunkt abgeneigt. Im Gegenteil. Ich erkundigte mich vorsichtig, ob das, was da gerade geschah, in ihrem Sinne war. Sie fand es gut. Wir schliefen miteinander, und sie nahm anschließend kein Blatt vor den Mund.

"Mit Frauen find ich es eben besser, aber das war schon okay."

"Schon okay" hörte sich aus dem Mund einer (überwiegend) lesbischen Frau für mich allerdings wie ein Ritterschlag an. Mein Ego tanzte wie lange nicht mehr. Und sofort war da auch die unterschwellige Frage, wieso mir diese Art von Bestätigung eigentlich so sehr schmeichelte. War ich eigentlich immer noch so süchtig danach?

Wieder wachgeküsst, streunte ich die Woche drauf zu einer Party in der Nachbarschaft. Ich kannte exakt niemanden dort, wechselte häufig die Räume. In einem saß schließlich eine vermutliche Studentin allein auf einer Couch.

"Darf ich mich zu Dir setzen?" – "Klar!"

Ich war schon immer schlecht darin gewesen, in Flirtsituationen Smalltalk zu führen. Aber es ging einigermaßen. Das gegenseitige Interesse war in etwa ausbalanciert und groß genug. Wir tasteten uns verbal ab, fanden Gefallen. Irgendwann war das Nötigste erzählt. Wir wussten soweit genug über einander. Wie ging ich weiter vor? Sollte ich Sie direkt fragen? Wie macht man sowas überhaupt? Ach ich trau mich nicht …

"Hast Du Lust zu knutschen?" hörte ich mich fragen.

"Ja." erwiderte sie ebenso lächelnd.

Wir saßen ein bisschen da, schauten uns an, schauten vielleicht mal verlegen weg, tranken einen Schluck, und irgendwann näherten sich unsere Köpfe ganz von selbst. Ich griff sanft an ihren Hals. Wir genossen es beide, lächelten, ließen die Berührungen resonieren. Und es fühlte sich einfach gut an, mal wieder zu knutschen. Das Partyleben um uns herum verschwand dumpf hinter der Konzentration auf die kostbaren Empfindungen. Wir fummelten nicht in der Öffentlichkeit, blieben harmlos und strichen uns sanft über unverfänglichere Stellen.

"Gehen wir zu Dir?" fragte sie.

"Ja." erwiderte ich ebenso lächelnd.

Der Moment hallte nach, wir leerten unser Getränk bewusst, in Ruhe und genussvoll, machten uns ganz entspannt auf den Weg und schlenderten durch die Sommernacht zu mir. Unterwegs knutschten wir nicht einmal großartig, es war eigentlich alles abgeklärt und bis zu mir konnten wir es problemlos aushalten. Wir lächelten fortweg, und wer uns begegnete, nahm Notiz davon. Uns war vollkommen klar, dass wir persönlich und taktil harmonierten und es beide wollten. Niemand würde die Flucht ergreifen wollen, wir konnten vollkommen entspannt sein.

Sie war sehr klein, maximal 1,55m. Das war eher ungewöhnlich, aber keineswegs störend. Im Gegenteil: es war natürlich nicht unbedingt das Schlechteste für mich nach der langen Phase der eben erst zu Ende gegangenen Enthaltsamkeit, mich neben einer Frau groß und sicher fühlen zu dürfen. Wir schälten uns gemütlich in mein Bett, die Nachtlampe brannte. Fingen wieder an zu knutschen, diesmal gingen die Hände bald an Brüste und Hosen. Immer mit einem genussvollen Lächeln auf den Lippen. Wir zogen uns gegenseitig aus, ich leckte sie sanft. Wir fingen an, miteinander zu schlafen.

Und diesmal endet der schönste Teil des Kapitels ein paar Zeilen zu früh. Mein Penis passte nicht ganz in ihre Vagina. Sie war eben ziemlich klein, und zum ersten Mal in meinem Leben stand ich vor diesem Problem. Ich konnte nicht vollends eindringen, ohne zwei oder drei Zentimeter zuvor gegen ihre Gebärmutter-Rückwand zu stoßen. Zwar bereitete ihr das keine Schmerzen, aber entspannter Sex war damit unmöglich, zumal es mir unangenehm war, immer dort hinten bei ihr anzuklopfen. Es fühlte sich schlicht nicht richtig gut an. Ich hatte die Empfindung, dass es ihr weh tun müsse und das hemmte mich.

Zwar brachten wir unseren One Night Stand zu einem beidseitig versöhnlichen und anständigen Abschluss, aber damit war klar, dass wir leider nicht zu mehr bestimmt waren. Eine Beziehung, in der man niemals richtig Sex würde haben können, machte schlicht keinen Sinn. Wir begegneten uns noch zweimal zufällig an der Uni, und blieben uns immer freundlich gesonnen.

Für die Ewigkeit

Derartig gestärkt, um nicht zu sagen, wiedererwacht, ging ich mit Tommy einen trinken. Das heißt, genau genommen mit Tommy, seiner Mitbewohnerin Stevia und deren bester Freundin Kirsten. Stevia mochte mich wohl, das hatte ich dann und wann mitbekommen. Ich fand sie jetzt nicht besonders heiß, aber sie war nett. Wir zogen durch ein paar Kneipen, und vielleicht gegen 4:30 Uhr seilte Tommy sich müde ab.

Zu dritt tranken wir noch eine Runde, waren aber auch bald ziemlich voll. Getrieben vom Bedürfnis nach frischer Luft stolperten wir auf die Straße.

"Und jetzt? Wohin?" Erwartungsvoll blickten die beiden mich an. Stevia grinste etwas.

"Keine Ahnung." erwiderte ich. "Habt Ihr eine Idee?"

"Ich habe noch eine Flasche zuhause." lallte Stevia etwas.

"Na dann."

Wir köpften den billigen Wein, der sich als schrecklich herausstellte.

"Ich leg' mich dann schonmal ins Bett." Bumms. Moment. Ich war nicht sicher, ob ich Kirstens Worte richtig verstanden, geschweige denn richtig interpretiert hatte. Ich würgte mir noch ein oder zwei Schlucke rein, Stevia schien er halbwegs zu schmecken.

"Und was machen wir zwei jetzt?" fragte sie.

"Keine Ahnung." Irgendetwas war im Busch, aber ich begriff noch nicht, was.

"Dann lass uns doch zu Kirsten gehen. Ich geh noch eben ins Bad."

Däng! Stevias Vorschlag öffnete dem Betrunkenen die Augen. Wir sollten uns zu dritt in die Kiste kuscheln, hatten die beiden sich anscheinend schon lange ausgeheckt. Zwar ging ich nicht davon aus, dass das sehr weit gehen könnte, aber ich konnte mir ad hoc wesentlich Schlimmeres vorstellen.

Also schluffte ich ebenfalls in Stevias Zimmer, erblickte Kirsten spärlich bekleidet im Bett, musste natürlich meine Jeans fallen lassen, und leistete ihr Gesellschaft. Die Fronten mussten zwischen den beiden ziemlich geklärt gewesen sein, denn Kirsten zögerte nichtmal eine Sekunde, zog mich auf sich drauf, begann eine wilde Knutscherei, griff meinen Hintern und schon kreisten die Hüften.

Stevia kam aus dem Bad, schloss die Zimmertür, fackelte ebenfalls nicht lange und legte sich zu uns. Nun lagen sie da beide mit mir im Bett. Ich begriff es nicht wirklich. Aber dafür war ja später auch noch Zeit. Ich genoss lieber. Und es funktionierte. Früh ermunterte ich die beiden, sich auch mit-

und aneinander zu erfreuen. Unsere Münder und Hände waren nicht wählerisch. Man küsste und befummelte, was einem in die Quere kam. Und es gab immer ausreichend zu tun. Zum Beispiel Hosen runterziehen. Zum Beispiel eine Vulva lecken, während die beiden sich küssten und sich gegenseitig intim streichelten. Eigentlich hatte nur jemand vergessen, die Videokamera aufzustellen, denn was sich in der Folge entwickelte, war absolut pornös. Gleichzeitig aber auch geschmeidig, natürlich und ungezwungen.

Der ausgiebige Alkoholgenuss und die sexuelle Exklusivität der Situation hielten sich in Bezug auf meine Standfestigkeit perfekt die Waage. Es dauerte ein bisschen, bis ich hart geworden war, aber dafür ging es ewig. Abwechselnd drang ich in beide ein. Ein paar Minuten hier, ein paar Minuten dort. Mal leckten sich unsere Zungen mehr oder weniger alle gleichzeitig, mal genoss eine*r die Beobachterposition. Mal streichelten sich die beiden noch gegenseitig, oder eine leckte die andere. Wir waren wirklich hinreichend beschäftigt und alle drei scharf und gierig.

Es ging sehr lange so. Irgendwann ließ die Begeisterung bei Stevia recht abrupt nach. War es möglicherweise, dass sie gespürt hatte, dass ich mit Kirsten noch etwas mehr Spaß hatte als mit ihr? Hatte das eine Form von Unwohlsein oder gar Eifersucht in ihr erweckt? Wir hörten allmählich auf. Schliefen kurz Arm in Arm ein, ich in der Mitte zwischen den beiden. Aber Kirsten und ich waren noch angetörnt. Es war eher so ein Momente-Schlaf, als hätten wir ihn benötigt, um unsere Sinne zu schärfen. Wieder und wieder fielen wir übereinander her. Irgendwann reichte es Stevia, sie zog sich ihren Schlafanzug an und ging rüber zu Tommy. Zu ihrem Leidwesen haben Kirsten und ich es noch eine ganze Weile laut getrieben, bis ich irgendwann kam.

Inzwischen war es hell geworden. Kirsten machte sich relativ früh aus dem Staub. Aber ohne sie fühlte ich mich fehl am Platz. Also ging ich auch bald danach. Nach Hause.

Der Abend hatte leider einen Keil zwischen die beiden getrieben. Ich vermutete, Stevia hatte es Kirsten krumm genommen, dass sie die erste Geige gespielt hat. Vielleicht hatte sich Stevia ausgemalt, über dieses verschärfte Entrée längerfristigen Zugang zu mir zu erhalten. Vielleicht hatte ich mir ausgemalt, das könnte sich nun gerne allwöchentlich wiederholen. So gerne ich das wiederholt hätte, diese Konstellation blieb einmalig.

What The Fuck

Vier Tage später feierte unser Institut ein kleines Grillfest. Der Kern von Mitarbeiter*innen, mit denen ich am meisten zu tun hatte, sonderte sich etwas ab und trank Bier. Ich musste meine Geschichte vom Wochenende unbedingt zum Besten geben. Nicht wirklich um zu prahlen, aber es musste raus. Wir hatten ein entsprechend vertrauensvolles Verhältnis zueinander und die anderen wussten recht wohl, dass ich eine schwere Zeit hinter mir hatte. Gebannt hörten Nelson, Ola und Rachel zu, die Begeisterung sprang über. Nelson kam aus dem Lachen nicht mehr raus, Ola und Rachel hingen an meinen Lippen. Ich wusste ja um Olas Aufgeschlossenheit, aber darum ging es überhaupt nicht. Was ich noch nicht wusste, war, dass Rachel, seit Jahr und Tag mit ihrem Freund zusammen, auch schon immer Interesse an Frauen gehabt hatte. Nelson musste bald den letzten Zug nach Hause nehmen, so blieben Ola, Rachel und ich. Das Grillfest war zu Ende gegangen, aber die Nacht war noch jung für Studenten. Für eine sommerliche Nacht nicht gerade heiß, aber noch im T-Shirt auszuhalten.

"Wo gehen wir jetzt hin?"

Wir wussten es nicht. Wir gingen einfach. Durch die Stadt, über die Brücke, in den Park. Irgendwann waren wir da. Standen zu dritt im Halbdunkel der städtischen, kühlen Nacht. Und fingen an zu fummeln, zu knutschen.

Was war hier nur los? Was war denn hier bitte passiert?? Ich verstand die Welt nicht mehr. Ein monatelanges emotionales Tal, Trauer, Leere, eine Depression. Und plötzlich... zwei Dreier in vier Tagen? Nicht zu fassen! Es war wirklich nicht zu fassen. Diesmal war ich auch gar nicht betrunken. Ich bekam alles sehr genau mit. Ich zitterte ein bisschen, vor Kühle, vor Aufregung. Die beiden küssten sich lächelnd, zärtlich, spannungsvoll, verheißungsvoll. Der kieselige, kühle Boden bot keine gemütliche Option, und so blieben wir einfach stehen. Irgendwann ging Rachel vor mir auf die Knie, knöpfte mir die Hose auf, griff meinen Schwanz und blies ihn hingebungsvoll mit einem feinen, genussvollen Lächeln im Gesicht. Meine Erregung war so stark, dass ich mich kaum auf den Beinen halten konnte. Ola stützte mich von hinten, drückte ihre vollen Brüste an mich. Wäre sie nicht gewesen, wäre ich einfach umgekippt. Es übermannte mich.

Wenige Wochen später trafen wir uns zu dritt in meiner WG wieder. Das heißt, wir waren etwas unterwegs gewesen und anschließend suchten wir ein gemeinsames Schlafgemach.

Ich hatte den beiden von meiner Phantasie erzählt, auf dem Rücken zu liegen, während zwei Frauen ihre Beine um meinen Schwanz scherten, um dann durch die Auf- und Abbewegungen ihrer Becken zu kommen. Wir probierten es aus, aber es funktionierte nicht. Vielleicht war zu wenig Platz in meinem Hochbett, um die ganz optimale Position einzunehmen. Oder durch das Verscheren ihrer Schenkel bot sich einfach nicht ausreichend Platz für meinen Penis. Oder beides. Egal, nun wusste ich das wenigstens.

Die beiden befriedigten mich höflich und zuvorkommend, dann überlies ich ihnen die Spielwiese. Es war mittlerweile klar geworden, dass sie tiefergehendes Interesse aneinander hegten. Es ging an diesem Abend nicht um mich, sondern primär darum, dass die beiden Zeit füreinander fanden. Ich nahm die stille Beobachterposition in meiner Hängematte ein. Das heißt, eigentlich sah ich von dort unten so gut wie nichts, aber ich hörte ihnen andächtig zu und genoss. Staunte, konnte nicht glauben, genoss das Leben und dankte ihm.

Es sollten nicht Rachel's letzte Küsse einer Frau bleiben. Sie ließ ihren Freund nach kurzer Zeit sitzen, war erst einmal ganz unter Frauen.

Epilog

Es ließen sich weitere Anekdoten anfügen. Aber der Autor (be-) schließt Ende der 00er Jahre, wo er glaubt, dass es auch für die geneigten Leser*innen am schönsten ist.

Was bleibt bis hierher? Warum waren manche Abende bzw. Erlebnisse so herausragend geworden? Worum ging es eigentlich? Um die Körbchengröße? Mitnichten! Stellungen? Auch nicht! Orte? Ach was! Anstecknadeln? Trophäen? Alles sekundär!

Es ist selbstverständlich so, dass die Attraktivität einer Frau eine gewisse Rolle für die Intensität des Erlebten spielt. Aber eher so als ein Faktor von vielen. Sex ist nicht unbedingt mit den Schönsten am schönsten.

Ich will aber auch nicht sagen, dass es alleine das blinde Verständnis zwischen Mann und Frau wäre. Das kann sich schließlich auch langweilig anfühlen.

Meine Antwort auf diese Frage wäre sicherlich anders ausgefallen, wenn da nicht der Abend des Rock'n'Roll gewesen wäre. Ich hatte nicht gefickt. Jedenfalls nicht, dass ich wüsste. Nicht einmal geknutscht. Und doch ging kaum ein Abend über diesen. Warum?

Das Geheimnis scheint der Kontrollverlust zu sein. Der lustvolle Kontrollverlust. Ich habe im Allgemeinen ein sehr kontrolliertes Leben geführt. Viele von uns tun das. Aber wir bleiben schließlich auch Kinder. Natürlich möchten wir weiterhin Leichtigkeit spüren. Sex ist ein wunderbarer Weg dorthin.

Warum ist Alkohol so lustig? Oder Marihuana? Oder andere Drogen, solange es keine körperlichen Probleme und Schmerzen gibt? Warum war der Rock'n'Roll-Abend einer der geilsten? Kontrollverlust? Kontrollverlust!

Ja, aber immer nur, solange es positiv ausgegangen ist. So lange war es ein Spiel, ein Spaß, in den ich mich grundsätzlich ohne Rücksicht auf Verluste hineingeworfen habe.

Viel später hörte ich von Ilan Stephani. Sie sagt, dass Männer eigentlich nicht wegen des Sex zu Prostituierten gehen. Sondern wegen ihres Wunschs nach Ekstase. Für den lustvollen Kontrollverlust. Wir brauchen keine Macht, Härte oder Technik. Wir brauchen keine Körbchengröße oder Zollstocklänge. Wir brauchen Hingabe ohne Angst vor Verlusten.

Herstellung und Verlag: BoD – Books on Demand,
Norderstedt
ISBN: 9783759761033